火星の子供

田中 与利子
Yoriko Tanaka

文芸社

火星の子供／目次

イオ

ずっとずっと北の果ての深い海の底に、人魚がたったひとりで住んでいました。沈んで朽ちかけた、小さな難破船を自分の家にしているその人魚の名前は、イオといいました。

ある朝、イオは目を覚ますと船体の横にあいた大きな穴から外をのぞきました。どんな小さな生き物も、自分の寝床で身動きひとつしないでじっと息をひそめているような、妙にしんとした朝でした。

「光がこんなに乱れてる。きのうの夜の嵐の波が、まだおさまらないんだわ」

イオは、のぞいていた大きな穴から頭だけ出して、頭上でちぎれて四方へ散って行く光の行方をながめました。

船底にやっと届く陽の光も今日はたよりなくゆらゆらとゆれて、途中でちりぢりにはじけてしまうので、海の底はいつにもまして、暗く静かでした。

ちぎれた光をながめるのにも飽きると、イオは頭をひっこめて船底におり、すみのほうに無造作に置かれたおもちゃのピアノをひざの上にのせました。

ピンク色で、横にかわいらしいバラの花を飾ったおもちゃのピアノは、とてもいい退屈しのぎになりました。

白い板や黒い板を指で押すと、今までに聞いたこともないような軽くて楽しい音がするので、イオは何時間でもそのおもちゃのピアノをひざの上で弾いて遊びました。

その日は、おもちゃのピアノで退屈をまぎらわすのにはちょうどいい日で、イオは気まぐれに指をおろして、でたらめな曲を飽きもせずに弾いていました。

そうやってしばらく夢中でおもちゃのピアノを弾いていたイオは、すぐそばになにかがいるような気配がして、びくりと顔を上げました。そして、そこに立っている、見たことのない生き物にまじまじと目を見張りました。

それはしっぽのかわりに二本の足のある、人間の若者でした。若者のほうも、大きなまばたきをひとつしたきり、驚いた様子でイオを見ていました。

長いあいだ身動きもせずに相手を観察しあったあとで、若者のほうがやっと口を開きました。

「これは、きっと夢なんだね」

言い終わると、その体は大きくふくらんだ青い光になって、イオがぼう然と見守っているうちに上にのぼって消えてしまいました。

「今のは、一体なんだったの」

イオは、まだ光がちらちら残る目を、二、三度しばたたかせました。それから外にとび出すと、しっぽの先をぴりぴりふるわせました。

だけど、とイオは思いました。

きょとんとしているだけで、考えているのかいないのか、わからないような魚たちの目とは全然違う光が、あの目には宿っていたような気がしました。

イオは、思いきり首をのばして頭上を見上げました。

ずっと上のほうにあるはずの、波の天井からこぼれた光があわいしまもようになって、イオのいる海の底までさしこんできました。波も今はおだやかに落ち着いている様子でした。

イオは、あまり考えないことにしました。いくら考えても、さっき見たものは深い夢の名残りの幻としか思えませんでした。けれど、夜の闇が海の底にそろそろとおりはじめるころ、遊び疲れて難破船に帰って来たイオは、またぼんやりと考え始めました。考えれば考えるほど、夜よりも黒く澄んだ瞳のきれいな色が思い出されました。

イオはしばらくうつぶせに長々と寝そべっていましたが、起き上がると船底へおりて、おもちゃのピアノを弾きました。

人さし指でぽん、とたたいてイオは暗い船底に目をこらしました。

もう一度たたいて、今度は注意深くあたりに視線をめぐらせました。

けれど、夜のひそやかな気配のほかには、どんな小さな影さえ見あたりませんでした。

なんだかがっかりして、いつもより強くおもちゃのピアノをたたいていると、突然、声がしました。

「ピアノを弾いているのかい」

イオは、そろそろと顔を上げました。

「だけど、音がめちゃくちゃだね」

若者が愉快そうに、イオを見下ろしていました。

イオの頭の奥から見知らぬ者に対する警告の信号が送られていましたが、胸の中はわくわくするような好奇心でふくらんでいました。

「あなたは誰。どこから来るの。どうしてしっぽがふたつに割れてるの」

つばをごくんと飲み込んで、イオは一気に尋ねました。

「そうだね。まず、あいさつをしなくちゃいけないね。僕の名前はカペラ。海の上から来たんだ」

「海の上ってことは、波の天井の上なのね。波の天井の上には光しかないと思ってたわ」

カペラは笑いながら首をふりました。

「海の上にはいろんなものがあるんだよ。僕たちみたいな人間のほかにもいろいろな生き物がいて、みんなかわいた陸地を歩くから、しっぽのかわりに足がついてるんだよ」

これは、しっぽじゃないんだよ、と言いながらカペラはそこらへんを歩いてみせました。

その姿は、やっぱり少し奇妙に思えてイオはくすくす笑いました。

「君の名前を聞いてもいいかな」

イオの前で立ち止まって、カペラは言いました。

「私の名前は、イオよ」

「うん、いい名前だね。君にぴったりの名前だね」

イオはうれしくなりました。

いつものひとり言と違って、自分のおしゃべりにちゃんと答えが返ってくることが、こんなに楽しいとは今まで想像もしませんでした。

もっともっと、おしゃべりをしたい気分でした。

「ところで、今から僕がこれの正しい弾き方を教えてあげるよ」

カペラは、おもちゃのピアノの上にかがみ込んで言いました。

「これは、ピアノというんだ」

イオは、ピアノ、ピアノ、と小さく口の中でくり返しました。

「もっとも、これは子供のおもちゃだけどね」

今度は、おもちゃ、おもちゃとつぶやきました。

知らない言葉を口にすると、おまじないの呪文を唱えたときのように、どきどきしました。

「出る音が、ちゃんと決まってるんだよ。ここがド、次がレ」

言いながら、カペラは器用に、ドレミファソラシド、と弾きました。

もう一度弾いてみせてから、次にイオが弾きました。

イオが、ドレミファソラシド、と弾くと、それにあわせてカペラもドレミファソラシド、と声を出しました。

肩のあたりがくすぐったくなるくらい楽しい気分でした。

こんなに楽しいことは、初めてだとイオは思いました。

「もう一度弾いてごらん」

イオがドレミ、と弾くとカペラもドレミと歌いました。

それから、イオはピアノを弾きながら、ドレミ、と言ってみました。

そうだよ、と言うようにうなずいたカペラと目があうと、イオの胸は大きな波が打ちよせたように、どくん、と高く鳴りました。

あんなに奇妙に思えた二本の足も、見慣れてくると、そんなに変でもありません。

イオがピアノを弾くと、カペラもその音に合わせて歌いました。

ところがそのとき、カペラの体が、がくんとゆれました。

カペラはあっと叫んで、そのままゆらりと消えてしまいました。

イオは、暗い船底にぽつんとひとり、残されました。

どこか知らないところに置いてきぼりにされたみたいな気持ちがしました。

ドレミ、とピアノを弾いても、その音までが途方に暮れて、さまよっているように聞こえました。

「一体、どういうつもりかしら」

おもちゃのピアノをわきへ押しやりながら、イオは言いました。

「だまってあらわれたり、また急にいなくなったり」

それとも、海の上の生き物はみんなあんなに自分勝手なのかしら。

イオは、ぷりぷりしながら、やわらかいこんぶを厚くしいた寝床に寝そべりました。

それからイオは、少しカペラのことを考えました。

おもちゃのピアノの上で器用にはねる長い指や、笑ったときのほっとするほどやさしい顔を思い浮かべました。

そして、カペラと目が合うと、胸が急にどくどくとさわがしくなるのはどうしてかしら、と考えているうちに、イオはうとうとし始めました。

だんだんとはっきりしなくなる頭の中で、なぜかカペラの黒々とした瞳の色だけがはっきりとしてきました。その瞳は、とても近くからイオを見ているようで、夢とも思われないほど確かな視線を感じて、イオはふっと目を開けました。

「起こしちゃったかな」

こんぶの寝床のすぐ横に、カペラが立っていました。

「あんまり失礼すぎるわね。勝手に人の家にあらわれたり、消えたりするのは、やめてちょうだい」

イオは、わざとむっつりした顔で言いました。

「ごめんね。本当に、君の迷惑だね。だけど、自分でもわからないんだよ」

カペラの声は、悲しく沈んでいました。

困りきったようにうつ向くカペラが、イオにはとてもかわいそうに思えました。

「もう、おこってないわ」

イオが言うと、カペラは少しだけ笑いました。

「君は、とてもやさしいんだね」

イオの胸は、またどくんと大きく鳴りました。

それから、さざ波のように小さくどきどきといいました。

「あなたも、やさしいわ」

カペラは照れたように目をそらして、また戻しました。

「君は、たったひとりでここに住んでるの」

「そうよ」

当然、といったふうにイオは答えました。

「さみしいと思ったことはない？」

「さみしいなんて、思ったことないわ。私たちはひとりで生きていけるようになれば、みんなそれぞれひとりで暮らしはじめるんだもの。それがあたり前のことだもの」

深い、あい色の闇の中で、黒い石のようなカペラの瞳がなめらかに光っていました。

「僕は、ひとりでとてもさみしいんだよ」

イオは、なぐさめるように、カペラのまわりをゆっくり泳ぎました。

「海の上にひとりきりで、とても不安なんだよ」

ああ、とカペラは悲しそうにため息をついて、ぶるるとふるえました。

イオも悲しくなって、しっぽの先をゆらゆらとゆらしました。

「嵐で船が遭難したんだ」

カペラはつらそうにまゆをよせました。

「やっと救命用の小船に乗ったけど、波にどんどん流されて、気がついたらこんな北の果てにいたんだ」

カペラのくちびるから血の気が失せはじめ、声はだんだんと苦しげにかすれてきました。

「いよいよ僕は、だめかもしれない。夢の中にいても、こんなに苦しいんだから」

カペラは、胸を押さえてあえぎました。

「違うわよ。夢じゃないわよ。あなたは本当に私の前にいるんだから、絶対に夢じゃないわよ」

イオが言うと、カペラの顔が少し明るい表情になりました。

カペラは心配そうに見つめるイオに、にっこりしてみせました。

「大丈夫だよ。もう平気だよ。だけど、なんだかとても寒いな。凍えそうなくらい、とても寒くなってきたよ」

「ねえ、これを巻いたらいいわ。体に巻くととてもあったかなのよ」

イオは寝床にしいてあったこんぶを、カペラに巻いてあげようとしました。

けれどそのときには、光が消えたあとの青い影が、カペラの立っていたあたりに残っているだけでした。

光の青い影がすっかり消えてしまうと、イオは持っていたこんぶをもう一度寝床にしき直し、その上で待っていましたが、カペラは来ませんでした。

今度は、船底におりておもちゃのピアノを弾きました。

けれど、カペラはあらわれませんでした。

イオの胸はきゅうきゅうと鳴って、鼻の奥が、つんと痛くなりました。

イオはもう一度カペラに会いたくて、ひと晩中おもちゃのピアノを弾き続けました。

けれど夜が静かに退いて、遅い朝が海の底にやっと来るころになっても、カペラはあらわれませんでした。

「海の上にいるって言ったわ」

船の外に出て上を向きながら、イオは考えました。

「私が上まで行けば、きっとカペラに会えるわ」

イオはそう考えて、すぐに頭を強く左右にふりました。

波の天井の上に出るなんて、やっぱりおそろしい気がします。

イオは上まで少し泳いだり、また戻ったりさんざん迷った末に、とうとう決心して波の天井めざして泳ぎ始めました。

上に行くにしたがって光が強くなり、海の水は明るくすき通ってきました。

さらに泳ぎ続けると、目にうつるすべてのものの色があざやかになり、そのあたりまで来ると、波の天井がうねりながら果てしなく頭上に広がっているのが見えました。

イオは息をととのえ、ためらい、海の底に視線をおとしました。

そして、ひと呼吸おくと、ゆっくりゆっくり波の天井に向かいました。

波のぴちゃぴちゃいう音が次第に大きくなり、氷がぎゅうぎゅう押しあう音が、あたりに満ちはじめました。

いよいよ波の天井のすぐ下までやって来ると、イオは目をかたくつぶって、頭を波の上に出しました。風が肌にひりひりと、吹きつけました。

そっと開いたイオの目に、強い光がとび込んできました。

イオは、ぎゅっと目を閉じました。あんまり光がまぶしくて、目がちくちく痛みました。

それでもしばらくすると光に慣れて、目を開けていられるようになりました。

イオはあちこち泳いで、やがて小船を見つけました。

小船のへりに手をかけて中をのぞくと、カペラが厚い毛布にくるまって、船底に横たわっていました。

イオが毛布から出ている髪の毛にさわると、カペラは少し顔をずらしました。

黒い瞳が、イオを見つめました。すっかり色の失せた顔に、瞳だけがあざやかな光を宿していました。

「夢だとばかり思っていたんだよ。海の底の難破船も、そこに住んでいる人魚も」

驚いた様子でカペラは言いました。

「夢じゃないって、言ったでしょう」

カペラは、弱々しくまばたきをしました。

「たとえ夢だったとしても、僕は君に会えてとてもうれしかったよ。君と一緒にいるときは、楽しくて胸がどきどきしてたんだよ」

イオははにかんで、少し顔をあかくしました。

「うつらうつらとしていたら、ピアノの音が聞こえてきてね」

疲れたようにゆっくりと息を吐いてから、カペラは続けました。

「どこから聞こえてくるんだろうって思っていたら、目の前に君がいたんだ。人魚なんて本当にいるはずがない。ああ、これは夢なんだって思ったら目が覚めたよ」

風がひゅん、と吹いて小船をゆらしました。

「またねむりかけたらピアノの音が聞こえて、やっぱりどこからか聞こえるなって思ったら、君がピアノをでたらめに弾いていたんだ。そのときは流れてきた氷があたって、あんまり船がゆれたものだから、目を覚ましてしまったんだ」

「あのピアノは、私のお気に入りなの」

カペラは笑いました。

「ドレミだけじゃなくて、もっといろんな曲を教えてあげたかったな」

「ドレミのおかげで、とても楽しくなったわ」

カペラのまぶたがゆっくりと閉じて、寝息がのどの奥からもれました。

イオが肩をゆすると、カペラはぼんやりと目を開けました。

「いよいよ僕も終わりだ。もう体を動かす力さえないんだよ。きっと君のところへ行ったのは、僕からはなれたたましいだったんだね。夢だと思ったのは、みんな僕のたましいが見てきたことだったんだね」

カペラの体はすっかり冷えきって、手足もかじかんで動きませんでした。このままでは、すぐに死んでしまうに違いありません。カペラは力なく横たわり、今はもうぐったりとして、しゃべることさえできないようでした。

「どうしたらいいのかしら。どうしたら助けてあげることができるの」

イオは泣きじゃくりながら、カペラの顔をなで続けました。けれどどんなに泣いても、カペラはその目を開けてはくれません。

そのとき、ぼおん、とかすかにくぐもった音が聞こえました。

イオがふりむくと、大きな船が向こうに見えました。

あれはきっと、人間の乗り物だわ、とイオは思いました。あれに乗っている人間なら、カペラを助けてくれるに違いありません。

イオは船に向かって力いっぱい泳ぎました。そして、近くまで来ると、見つかりやすいように波の上を思いきりはねました。しっぽをぐんと曲げて水をたたき、何度も波の上までとび上がりました。

何度目かにひとりの人間が、イオのたてる水しぶきに気がつきました。

イオは、水しぶきをたてながらカペラのほうへ向かって泳ぎ、船はそのあとを追ってきました。

やがて船はカペラの小船を見つけ、救出用の小船をおろすとカペラに近づきました。

イオは、波間に浮いた氷のうしろから、カペラが助けられ、大きな船に乗せられるのを見守っていましたが、船が再び進路を戻して水平線に消えてしまうと、また海の底に帰っていきました。

海の底の難破船に帰り着くころ、あたりは暗くなり始めていました。

私の住んでいるところは、こんなに深くて暗かったのかしら、とイオは思いました。

イオは、おもちゃのピアノを弾きました。
ドレミファソラシド、と弾きました。
暗くてさみしい夜の海の底を、ピアノの音は、ため息よりも悲しく流れていきました。

初めての告白

1

夏を迎えるお祭りの、にぎやかな人込みの中を、みちるたちは歩いていました。みちると、理乃と、夕美は同じクラスで友達同士の十三歳です。

ほんの一年前までは、花火やいろいろな屋台が楽しみだったお祭りですが、今年は違います。三人とも立ち並ぶ屋台をのぞこうともせずに、今夜待っているはずの出来事を、ときめく胸の中でそれぞれに思い描いていました。

突然やって来た感情、人を好きになる気持ち。

みちるは、そんな気持ちにまだ少しとまどっていました。うれしくなったり悲しくなったり、喜んだり不安になったり、一日のうち何度も違う感情が湧いてきて、こんなことは初めての経験でした。

みちるはたくさんの人の中で、首をのばして空をあおぐと、小さく息をつきました。暮れたばかりの空は、青色のガラスのように涼しげに澄んでいました。

理乃が、両手でそっと胸を押さえるのが見えました。お祭りの夜にそれぞれ好きな男の子に告白しようと言い出したのは、理乃でした。いつも積極的で活発な理乃でもやっぱり胸がどきどきするんだわと、みちるは思いました。

「私、なんだかこわい」

夕美が、ほんの少しほおを紅潮させて、小さくつぶやきました。

「私も」

みちるも小さな声で答えながら、好きな男の子がいると打ち明けあった数日前のことを思いかえしていました。

「私ね、好きな子がいるんだ」

夕美の家に三人集まって、とりとめもなくおしゃべりしていたときに、突然理乃が言い出しました。みちるは、どきんとして理乃の顔を見つめました。

みちるにも好きな男の子はいましたが、そのことをだれかに打ち明けるなんて、自分だったら恥ずかしくてとてもできないと思いました。

理乃は、みちると夕美を手まねきしました。ふたりが顔を寄せると、理乃はほかの子には内緒よと念を押してから言いました。

「私の好きなのはね、哲君なの」

みちると夕美は、へえと顔を見合わせました。

哲は、同じクラスの男の子でした。いつもまっ黒に日焼けして、ちょっと乱暴なところもあるけれど、女の子たちには人気がありました。

「哲君となら、お似合いだと思うわ」

夕美が言うと、理乃はそうかなあと照れたように笑いました。

「私もね、潤君のことといいなって思ってるの」

今度は夕美が言い出しました。潤もみちるたちとは同じクラスです。

「とっても頭がいいのに、いやみなところがぜんぜんなくて、それにだれにでも親切なんだもの」

「ところで、みちるはどうなの。好きな男の子いないの」

理乃が突然みちるのほうを向いて言いました。

「うん。いるけど」

かくしておくつもりでしたが、あんまり突然に理乃が聞くので、みちるはつい答えてしまいました。夕美も好奇心いっぱいの瞳を向けています。

みちるは、身を乗り出すようにして自分の答えを待っているふたりの顔を見つめました。理乃も夕美も好きな男の子のことを打ち明けたのに、自分だけだまっているなんて、やっぱりよくないような気がしました。それに女の子同士で好きな男の子の話をするのは、とても楽しいことでした。

「私はね、となりのクラスの蓮君が好きよ」

「私、蓮君って知ってる」

夕美がうれしそうに言いました。

「みちるの家の近くの男の子でしょう」

みちるはうなずきました。

みちると蓮は幼なじみでした。小さなころから、やせっぽちでおとなしかった蓮は、みんなによく泣かされていました。今でもやせているのに変わりはありませんが、背がとても高くなって、このごろはいつも本を読んでいる様子でした。

近所のただの幼なじみだった蓮を、男の子として意識するようになったのは、いつごろからだったでしょうか。

みちるは、放課後になるとよく図書館へ行きました。そうすると、たいてい蓮がひとりで本を読んでいました。ときにはなにか熱心にノートに書きつけていることもありました。

みちるはいつも少し離れて座り、そこから本を読むふりをして蓮の姿をながめました。このあいだは、思い切って蓮のすぐとなりに座ってみました。蓮は気付かずに本を読んでいました。みちるの胸は大きく鳴って、開いた本のページの文字を目で追っていても、頭に入っていませんでした。

しばらくそうしていても、自分に気付く様子もない蓮に、声をかけてみようとみちるは思いました。

〝あら、蓮君偶然ね〟

〝蓮君、こんにちは。久しぶりね〟

かける言葉を、みちるは考えました。けれど、どうしても蓮に声をかけることができません。すぐとなりに蓮がいて、ほんの少し手を伸ばせば蓮の腕にふれて、横を向いて小さな声でささやけば蓮の耳に届くのに、みちるにはそれができません。

〝勇気を出して〟とみちるは自分に言い聞かせました。恥ずかしがらずに話しかけなくちゃ。そう思うばかりで、とうとうみちるは蓮に話しかけることができませんでした。

蓮はみちるには気付かないまま本を閉じると席を離れ、みちるはみじめな気持ちでそのまましばらくそこに座っていました。

だから、理乃がお祭りの夜に哲と潤と蓮の三人を誘ってそれぞれ告白しようと言い出したとき、みちるはすぐにうなずきました。そのときは好きな男の子に告白するという実感が、まだあまりなかったに違いありません。それなのによく考えもしないでうなずいたのは、女の子同士の会話の、その気にさせる特別な雰囲気と、いつもひそかに持っていた恋にあこがれる気持ちが、みちるの中で大きくふくらんだからでした。

三人ひとかたまりで哲と潤、それから蓮をそれぞれお祭りに誘い、ひまを見つけては集まって、どんなふうに告白するのか計画を立てた数日間は、まるで熱っぽい頭で夢を見ているようにふわふわと過ぎていきました。

それなのに、お祭りの熱気の中を男の子たちとの待ち合わせ場所へ向かって歩いている今になって、みちるは蓮に告白するのが、こわくなってきました。

〃私が突然好きですなんて言ったら、蓮君はどう思うかしら〃

みちるは、考えました。

近所に住んでいて、幼なじみなのにちっとも気が付いてくれないのは、みちるのことなんか好きじゃないからかもしれません。好きでもないみちるから告白されたら、蓮はきっと迷惑に思って、みちるをきらいになるに決まっています。そうなったらもう、蓮の前に姿を見せることなんてできません。一生、蓮とは顔を合わせられなくなってしまいます。

みちるは悲しくなって、うつむきました。

そうすると、歩くたびにふわりとふくらみながらゆれるスカートの小さな花模様が目に入りました。自分に一番よく似合う、お気に入りのスカートでした。ピンク色の中に白くて小さな花が楽しげに散っている、かわいらしいスカートでした。

遠くから見ているだけでいいと思っていたはずだったのに、気付いてもらえないのは、やっぱりさみしい気持ちでした。でも、好きだと告白してきらわれてしまうくらいなら、片想いのままのほうがいいと思いました。

みちるは、なにか口実を見つけて、このまま引きかえしてしまいたいと思いました。

「私、どきどきしてもうだめ」

さっきから小さなため息を何度も、もらしていた夕美が、突然立ち止まると言いました。

「やっぱり告白するのやめよう。もし、私のことなんて好きじゃないって言われたら、もう学校に行けなくなっちゃう」

夕美は、泣き出しそうな顔をしています。

「ここまで来て、なに言ってるのよ。そんなこと言ってるあいだに潤君をほかの子にとられちゃうわよ」

私もやめたいと言いかけたみちるの言葉をさえぎって、理乃が言いました。

「だめでもともとじゃないの。それに好きだって言われてうれしくないはずないもの。きっとうまくいくに決まってる」

理乃が言うと、夕美は少し笑顔になりました。

「そうよね。ここまできたらあとは実行あるのみよね」

夕美は自分を納得させるようにつぶやくと、理乃にうながされて歩き出しました。

〝夕美ったら、人に言われるとすぐその気になるんだから〟

みちるはふたりに気付かれないように、小さく息を吐きました。

2

三人は屋台の並んだ大きな通りを右に折れました。

そこから続く道は、ほんの少し上り坂になっていて、人の通りもまばらになりました。坂をのぼりきったところにある、小さな児童公園の入り口が待ち合わせ場所でした。

暗くなりはじめた児童公園の入り口を照らす街灯の青白い光の下に、哲と潤、そして蓮が立っているのが見えてきました。そしてさらに近づくと、蓮が小さな男の子と手をつないでいるのが見えました。

「あの子、だれ?」

夕美がみちるの耳元に口を寄せて、そっと尋ねました。みちるはだまったまま首を横にふりました。

蓮はひとりっ子で弟はいません。どうして蓮が小さな男の子を連れているのか、みちるは考えていましたが、そのうちになんだか腹立たしい気持ちになってきました。女の子がお祭りに誘えば、それがどんな意味か少しはわかってくれてもいいはずなのに、小さな男の子と一緒なんて、あんまり鈍感すぎると思いました。

「そっちから誘ったくせに、遅いぞ」

哲がぶっきらぼうに言いました。

「ごめん。お祭りの人込みがすごくて、思うように歩けなかったの」

理乃はそう答えてから、蓮に尋ねました。

「ねえ、蓮君。その子は?」

「となりの町に住んでる僕のいとこなんだけど、今夜のお祭りにどうしても来たいって言うんで、連れてきたんだ」

「そうなの。蓮君のいとこなの」

理乃は腰をおろして、男の子と目を合わせると言いました。

「私は理乃っていうの。それからこっちが夕美でそのとなりがみちる。みんな蓮君のお友達なのよ。よろしくね」

「おねえちゃんたちに、自分の名前をちゃんと言えるかな」

蓮が言うと、男の子はにこりと大きくうなずきました。

「僕、たつき。四歳」

「あら、おりこうね。元気よく言えたわね」

夕美が言いながら、たつきの頭をなでました。

「四歳だったら、幼稚園ね」

みちるが言いました。

「うん。だいだい組」

「そうなの、だいだい組なの。いいわねえ」

「どうでもいいけど、早く行こうぜ。お祭り終わって、朝になっちまうよ」

「大げさだなあ、哲は。今暗くなったばかりなのに、そんなに早く朝になるわけないだろ」

いらいらした口調の哲をなだめるように、潤が言いました。そして〝ねえ〟とたつきの顔をのぞき込む仕草をしました。そうすると、たつきは、きゃっと喜びました。

「夜がすぐに終わって朝が来たら、寝る時間もなくなって、困っちゃうよねえ」

潤のふざけた言い方に、たつきはおもしろがって笑いました。

「ガキって、つまんないことで喜ぶんだなあ」

どうでもいいような言い方でしたが、哲の目はおかしそうに笑っていました。

「潤君って、子供の扱い方が上手ね」

お祭りへ向かって歩く道で夕美が言いました。

「うん。僕の弟がちょうど、たつき君と同じ四歳なんだ」

「潤君に弟がいたなんて知らなかったわ」

「そうだね。同じクラスでもあまり話す機会がなかったからね」

前を歩く夕美と潤の会話を、みちるはぼんやり聞いていました。その前では理乃と哲が、ときどき笑い声をあげながら楽しそうに話していました。そして、みちるは成り行きで、蓮と片方ずつ、たつきの手をとって歩いていました。

たとえ、たつきをはさんでいても、蓮と並んで歩いているのには違いありません。みちるだって前を行く理乃や夕美のようになにか楽しい話をしたいのに、蓮はたつきの幼稚園で一番仲のいい友達とか、この前草むらでつかまえたバッタの話をにこにこと聞いているだけで、みちるには少しも関心がないみたいです。

屋台の立ち並ぶ道に戻ると、人波でもまれるうちに男の子たちが前、みちるたち女の子はその後ろになりました。

「私、潤君とこんなにたくさん話せるなんて思わなかった」

夕美が、うっとりと言いました。

「とってもいい雰囲気だったわね」

みちるの言葉に、夕美は恥ずかしそうにほほ笑みました。

「なんとなくなんだけど、潤君に告白しても大丈夫みたいな気がする」

「そうよ。潤君だって楽しそうだったから、きっとうまくいくわ」

理乃が言いました。

「理乃だって哲君ともうすっかり仲良くなってたじゃない」

夕美が理乃の腕を軽く押しながら言いました。

「まあね」

理乃は、ふふっと笑うとみちるのほうを向きました。

「ところで、みちるは蓮君としゃべってないみたいだけど」

「そうよ。せっかく死ぬほど心臓をどきどきさせて誘ったんだから、今夜は絶対仲良くならなくちゃ」

みちるはふたりの言葉に力なくうなずきました。

「うん。でも蓮君はたつき君の相手ばかりしていて、私にはぜんぜん関心がないみたいなのよ」

「そんな消極的な態度じゃだめよ。みちるのほうからどんどん話しかけるのよ」

夕美が言いました。

「蓮君って恥ずかしがり屋みたいだから、みちるのほうから話しかけないと、きっといつまでたっても気持ちは通じないわよ」

今度は理乃が言いました。

〝そんなこと言ったたって〟

みちるは心の中でつぶやくと、人込みからたつきをかばうようにして歩いている蓮たちを見ました。潤がたつきになにかやさしく話しかけると、哲がたつきの体をくすぐって喜ばせていました。

「とにかく、今夜は勇気を出して告白するのよ」

理乃が、みちると夕美の背中をとんとたたきました。大きくうなずく夕美を横目で見て、みちるは思わずふうっとため息をもらしました。

3

お祭りの夜をしめくくる花火が、夜空をふるわせる音とともに打ち上がりました。花火を見物するために集まった大勢の人と一緒に、みちるたちは橋の上にいました。きれいに護岸工事がされた川岸にもたくさんの人が出て、暗い夜に花火があざやかな色彩の花を咲かせるたびに、あちこちから小さなどよめきが起こりました。

たつきは哲に肩ぐるまをされて、次々に上がる花火にじっと目をこらしていました。川から流れてくる涼しい風が、人の熱気でむし暑くなったみちるの首すじを、ひんやりとなでました。みちるは花火を見るふりをして、そっと蓮の顔を見上げました。

「ここの花火は、毎年変わらないね」

みちるが花火に視線を戻すと、蓮が言いました。みちるは思わず蓮の顔を見つめ、それからあわてて言いました。

「そうね。変わらないわね」

胸がどきどきしました。蓮のほうから話しかけてくれるなんて、信じられませんでした。

どん、と音がしてまた、花火が打ち上がりました。

「僕は、大きな花火が好きだな。まんまるくて、一番大きく上がるやつ」

蓮が打ち上がった花火を見上げたまま言いました。

「私ね、レモンの形をしたのが好き」

みちるが答えました。

蓮がみちるを見て、一瞬、ふたりの目が合いました。蓮はすぐになんともなかったように花火のほうへ顔を向けましたが、みちるはうれしくて、心臓の鼓動が体中に伝わったみたいに小さくふるえました。

打ち上げ花火が終わると、理乃が背中のリュックから、花火のたくさん入ったビニール袋を取り出して哲たちに見せながら言いました。

「ねえ、これから私たちだけで花火大会しない？」

「花火大会したい」

まず答えたのは、たつきでした。まだ遊び足りない様子の哲も賛成したあとで、潤と蓮もうなずきました。

みちるはごくんとつばを飲み込んで、深呼吸をしました。花火をしようと男の子たちを川岸に誘って、みんなで仲良く花火をしたあとでそれぞれさり気なく距離をあけて、そして、告白するのがみちるたちの計画でした。

雰囲気と場所が大切なんだと、この計画を決めたときに理乃は言いました。

「みんなで仲良く花火を楽しんだあとの明るい雰囲気。そして、夜の岸辺。これで完璧よ。私たちの告白はもう成功したも同じよ」

力を込めて話す理乃を、夕美が感動した面持ちで見つめていたのを、みちるは思い出していました。

〝そうよ、なにも好きですなんて言わなくてもいいのよ〟

みちるは考えました。これからも仲のいい友達でいようと言えれば、それで十分だとみちるは思いました。

川岸には、もう人の姿はありませんでした。

初めのうちは、みんな一緒に花火を楽しみました。けれどそのうちに、理乃は哲と、夕美は潤とふたりだけの会話が多くなり、蓮はたつきの相手ばかりで、みちるはみんなの中からぽつんとひとり、はみ出してしまったみたいでした。

そして、終わった花火に川の水をかけて、ごみをビニール袋に入れて片付けると、理乃が哲に声をかけて、川岸をぶらぶらと歩き出しました。それを見て、夕美もなんとなくといった感じで潤と話しながら、みちるから少し離れた場所に移りました。

蓮はさっきから、川岸へ下りる階段で遊んでいるたつきの相手をしていました。

〝こんなはずじゃなかった〟

みちるは川のゆるやかな流れを見つめながら思いました。今ごろはみちるだってみんなと同じように、蓮と仲良くなっているはずでした。

〝蓮君が、いとこの子なんて連れてくるからいけないんだわ〟

みちるはまた腹が立ってきました。みちるが蓮と話せないのは、蓮がたつきにばかり気をとられて、自分のほうを見てくれないからだと思いました。でも本当に悪いのは、蓮に積極的に声をかけられない自分の態度だと、みちるにはわかっていました。

〝私って、どうしていつもこうなの〟

みちるは、好きな男の子に話しかける勇気さえない自分がいやになりました。さっきまでは腹が立っていたはずなのに、今はとても悲しい気分でした。みちるは、くつとくつ下を脱ぐと、川の中へ入りました。今の気持ちをまぎらわせたかったからでした。

川の水はみちるの足を冷たくすり抜けて行きます。岸にそって少し歩くと、水はざぶざぶと心地よい音をたてました。それからまた水の中を歩いていると、みちるの左足が川床のビンのかけらをふみました。

「痛いっ」

みちるは思わず声を上げると、岸に戻ってビンのかけらで深く傷付いた左足を押さえて座り込みました。

「大丈夫?」

「どこか、けがしたの?」

声に驚いて理乃や夕美たちがあわててかけ寄りました。蓮も急いでかけつけました。

「足を切ったみたい」

みちるは言いながら、おそるおそる足の裏を見てみました。ざっくり切れた傷口から、血がにじみ出るように流れていました。

「お前って、いつもぼーっとしてると思ってたけど、本当にどじなんだなあ」

哲が言いました。

「そんな冗談言ってる場合じゃないだろ」

潤が言うと、哲は首をすくめて、みちるに〝ごめん〟と謝りました。

「ティッシュ、持ってる?」

潤に聞かれて、みちるはうなずきながら小さなショルダーの中のティッシュをさし出しました。潤はティッシュで血をふくと、みちるの渡したハンカチで傷口をぎゅっとしばりました。

「大丈夫。僕の弟なんて、これくらいのケガ、しょっちゅうしてるよ」

「なるほど、手慣れているわけね」

理乃が、感心したように言いました。

「潤君、ありがとう」

みちるが言うと、潤はなんでもないよというふうに首をふりました。

「でもみちる、歩ける？」

夕美が心配そうに尋ねました。ハンカチできつくしばっていても、ずきんずきんと傷口が痛みます。もしかしたら、痛くて歩けないかもしれません。傷の痛みとみじめな気持ちで、みちるの瞳に涙があふれました。

そのとき蓮が言いました。

「僕、家が近いからおぶって帰ってあげるよ」

みちるは思わず蓮の顔を見上げ、そのひょうしに涙がひとすじ、ほおに流れました。

「だってすごく痛そうだし、無理して歩いて、ばい菌でも入ったらたいへんだし」

みんなの視線に照れた様子で、蓮が言いました。

「蓮君、お願いね。みちるを送ってあげて。私がたつき君と手をつないで歩くから」

理乃に続いて夕美も言いました。

「みちるのくつは私が持つわ。ねえ、みちる、送ってもらったほうがいいよ」

みちるはためらいました。好きな男の子におぶってもらうなんて、死ぬほど恥ずかしいことでした。けれど、もしかしたらこれがきっかけで、少しだけ親しくなれるかもしれないとも思いました。

みちるがやっとうなずくと、理乃と夕美の顔にほっとした表情が浮かびました。

「蓮君、ごめんなさい。私、とても重いのに」

「気にしないで。僕、やせてるけど、力はあるほうなんだ」

言いながら蓮は、みちるに背中を向けて、腰をおとしました。その背中の大きさに、みちるは驚きました。蓮の体の細さからは考えられないくらい、頼もしい背中でした。

みちるが、遠慮がちに背中におぶさると、蓮は軽々と立ち上がりました。体中がほてって、額にうっすら汗がにじみました。

「おねえちゃん、足、すごく痛いの？」

みちるのケガを見て、泣きそうな顔のまま、ずっとだまっていたたつきが、みちるを見上げて言いました。

「平気。もう、痛くないよ」

みちるが言うと、たつきはうれしそうに笑いました。

「たつき君、私たちと手をつないで帰ろう。蓮君は、ケガをしたおねえちゃんをおぶってるから、たつき君と手をつなげないの」

理乃の言葉に、たつきは素直にうんと言いました。

蓮はみちるをおぶったまま、重そうな素振りも見せずに歩いています。蓮の歩調でゆられていると、どきどきしていた胸も、落ち着いてくるようでした。みちるは蓮を意識しすぎて固くなっていた気持ちが、自然にほぐれていくのを感じていました。

「蓮君、いつも図書館で本を読んでいるのね」

みんなで打ち上げ花火を見た橋の上まで来たとき、みちるが言いました。

「うん。本を読むのが大好きなんだ」

少し先のほうへ顔を向けて歩きながら、蓮が言いました。

「君も、図書館へはよく行くんだね」

みちるは思わずどきんとしながら、ええと答えました。

「本って、本当に楽しいよね。文字を追っているうちに、物語の世界が頭の中に広がって、いつの間にか僕自身がその世界に入り込んでるんだ」

顔は見えなくても、その声の調子から蓮がうれしそうな表情で話しているのが、みちるにはわかりました。

「すばらしい文章に出会うと、すぐ次の行へ進むのがもったいない気がして、そこだけ何度もくりかえし読んで、忘れないようにするんだ」

「ときどきノートになにか書き込んでいるのは、そのすばらしい文章を忘れてしまわないためなのね」

「ううん」

蓮は、首をふりました。

「そのときに浮かんだ話のアイデアを書き込んでるんだ」

「蓮君、お話も書くの？」

蓮は少しのあいだだけ黙ると、やがて恥ずかしそうにぽつりと言いました。

「僕、将来小説家になりたいんだ」

「すてき」

みちるは、言いました。

「蓮君なら、きっとなれるわ」

「ありがとう」

蓮は顔をみちるのほうに向けて、笑いかけました。

親しみのこもったやさしい笑顔でした。みちるはとてもうれしくなって、小さなころのように、また仲良くなれた気持ちになりました。

「私、蓮君の小説読みたいな」

蓮はしばらく考えて、それから言いました。

「いいよ。そのかわり、感想聞かせてくれる？」

「いいわ」

みちるは後ろをふり向きました。たつきはいつの間にか、哲に抱かれて眠っていました。理乃が小さくVサインをして、夕美が潤に少し寄りかかる仕草をしたまま、軽くうなずきました。

〝ところで、みちるはどうなの？〟と言っているふたりの視線に、みちるは明るい笑顔で答えて、蓮に気付かれないように、今までよりもほんの少し体を近付けました。

ふるさとは火星

「気分はよくなったかい」

ユエリャンは青白い顔で力なくベッドに横たわっているミンホアを、心配そうにのぞき込みながら言いました。

ミンホアが弱々しく首をふると、ユエリャンは立ち上がって窓のブラインドを上げました。

「ねえ、見てごらん。火星があんなに近くなったよ」

ミンホアは、視線を窓に向けました。どこまでも暗い宇宙に浮いている火星の赤茶けた輪郭が、窓のすみにちらりと見えました。

「きっと君は長い旅の疲れが出たんだよ。あと数日のうちには火星に着くだろう。そのころには疲れもとれて、元気になっているよ」

ミンホアは目を閉じて、顔をそむけました。

あんなに大きくなった火星を見ると、ミンホアの胸は不安と恐ろしさでつぶれそうになりました。

閉じたまぶたを押し上げるように涙があふれて、脈打ちながら流れました。こらえ切れずに泣き出すと、ユエリャンは驚いてベッドのそばに寄りました。

「どうして泣くの。なにが悲しいの」

ユエリャンは、ふるえているミンホアの肩にそっと手を置きました。

「帰りたい。私、家に帰りたいの」

しばらく泣きじゃくったあとで、ミンホアは言いました。

「僕たちはもう帰れないんだよ。帰れないのを覚悟で君と僕は火星へ行く決心をしたんじゃなかったのかい」

やさしくさとすように、ユエリャンが言いました。

ミンホアの瞳からまたひとつぶ、涙がこぼれました。もう帰れないことぐらいミンホアにはわかっていました。

人口の増え過ぎた地球で、息がつまるほどびっしり立ち並んだアパートの、あまり広くない部屋しか、住む場所はありませんでした。

産業用ロボットのめざましい発達と、スーパーコンピューターの進化で、町中に失業者があふれていました。結婚したばかりのユエリャンとミンホアも思うように働けず、生活は楽ではありませんでした。

ふたりは何度も話し合って、火星への移住を決めました。一生あえぎながら生きていくよりも、たとえ二度と帰れなくても希望のある生活がしたいと思ったからでした。

それなのに今日は訳もなく悲しくなったり、気分の悪さがミンホアをどうしたらいいのかわからないほど不安にさせたりしました。

「私、どうして両親と離れることができたのかしら。地球には友達もたくさんいるのに、どうして火星へ行く決心をしたのかしら」

ミンホアの顔はますます青ざめて、ほとんど色のなくなったくちびるからは、つらそうなため息がもれました。

「君の両親は、僕たちが火星へ行くことに賛成してくれたじゃないか。二度と会うことはできなくても、僕たちが幸せになるんだったら、ちっともさみしくないと言ってくれただろう」

沈んだ気持ちのミンホアを元気づけるように、ユエリャンは明るく言いました。

「それに、この移民船の中で、新しい友達もたくさんできたじゃないか」

「だけど火星に着いたら、きっとみんなばらばらの土地へ行くことになるんだわ」

ユエリャンがやさしくしてくれるほど、ミンホアは子供のように甘えたわがままを言いたくなりました。

「この移民船には何万もの人たちが乗っているんだよ。そして僕たちの乗っている移民船のほかにも、何十隻もの船が一緒に火星を目指しているじゃないか。火星に行っても友達はたくさんできるよ」

ユエリャンの声が、ミンホアにはずい分遠くから聞こえてくるように思えました。

「私、とても気分が悪いの」

ミンホアは、くちびるを小さく動かして言いました。

「本当に具合が悪そうだね。すぐに医者を呼ぼう」

ユエリャンは素早く立ち上がると、船内電話で医務室から医者を呼びました。

医者は何分もしないうちに来て、ミンホアの目や口の中をのぞいたり、血圧を測ったり、指であちこち押したりしていました。

そして、ミンホアが自分を見ていることに気が付くと、心配しなくてもいいですよと言いました。心配しなくてもいいと言っているわりにはむずかしそうな顔をしているわと、ミンホアは思いました。

まぶたがとろんと重たくなりました。目を閉じると頭の奥がたよりなげにくらくらとまわり始めました。

「少し眠ったほうがいいですよ」

医者の声がぼんやり聞こえました。

それから医者はユエリャンに向かって、小声で何事かささやきました。ミンホアはふたりがどんな顔で話し合っているのか知りたいと思いましたが、目を開けるのもおっくうな気持ちでした。

こんなに気分が悪いのは、きっと病気になったからなんだと、ミンホアは眠たい頭で考えました。

それも、とても悪い病気で、もしかしたらこの船の中で死んでしまうかもしれません。

そうしたら私の魂は地球へ帰れるのかしら。それとも地球はあんまり遠すぎて帰れないかしら。そうなったら私は魂のまま、この真夜中のようにさみしい宇宙を永遠にさまようんだわとミンホアは思いました。そして、そう思ったのを最後に、ミンホアは深い眠りに入って行きました。

泣き声が聞こえました。聞こえているのは自分の泣き声かしらと、ミンホアは眠りからまだ覚めきらないぼんやりした頭で思いました。

ミンホアは涙をぬぐおうと指先をほおにあてましたが、ぬれていると思っていたほおがかわいているのに気付いて目を覚ましました。

ユエリャンは本をひざの上に乗せて、うたた寝をしていました。眠ったせいか気分は少しよくなっていました。

部屋は奇妙なほど静まり返って、船の空調の低くうなる音が、かすかな振動のように聞こえていました。

またどこからか泣き声がしてきました。それは子供の、不安げでさみしそうな胸の痛む泣き声でした。

ミンホアは体を起こしました。泣き声がはっきりと聞こえ出すと同時に、部屋がだんだんと透き通り始めました。ミンホアはユエリャンを起こそうとして、小さく声をあげました。

ユエリャンの体も、部屋と同じように透き通り、その向こうにもうひとつ景色が現れてきました。きらきらと輝く細い水晶の柱が何本も、ぼんやりと浮き上がって、それは徐々にこちらへ近付いてきました。

ふたつの景色は重なり合い、やがて見慣れた船の部屋やユエリャンは、新しい景色の影になって、消えていきました。

ミンホアはいつの間にか、黒い闇を背景にして立ち並ぶ細い水晶の柱に囲まれていました。目の前には水晶のベッドがあって、その中で六歳くらいの男の子がひとり、うずくまって泣いていました。男の子の泣き声は、水晶の柱のあいだをさまよい、もの悲しい共鳴を残して、背景の闇へ流れて行きました。

男の子はミンホアに気付いた様子もなく泣き続けていました。うぶ毛のように細い髪の毛が、オレンジ色の霧のように、男の子の頭をおおっていました。ミンホアは男の子を驚かさないように、そっと声をかけました。

「どうしてあなたは泣いているの」

泣き声がぴたりとやんで、男の子が顔を上げました。涙にぬれた瞳は、雨の降る夜のけむった黒い空を思わせました。

「僕、ひとりきりになっちゃったの」

男の子が言いました。

「まあ、どうして。お父さんやお母さんはどうしたの」

ミンホアが言うと、男の子の目からまた涙があふれてこぼれました。

「パパもママもどこかへ行ったままなの。みんないなくなって、僕はどうしたらいいのかわからなくて、それでずっと泣いていたの」

「さみしかったのね」

男の子は、こくんとうなずきました。

さみしがって泣いている男の子に、両親や友達と離れて不安な気持ちで泣いていた自分の姿がだぶりました。すると、ミンホアの胸に男の子に対する親しみの感情が静かに満ちてきました。

「私の名前はミンホアよ。ねえ、あなたの名前を教えてくれないかしら」

男の子は、ミンホアのやさしい態度に安心した様子で、水晶のベッドから降りてミンホアを見上げました。

「僕は、ヨウリンだよ」

「あなたはどうしてひとりになってしまったの」

ヨウリンがうつむくと、オレンジ色の髪がやわらかくゆらめきました。

「僕ね、あしたがお誕生日なの」

まあそうなのと、ミンホアはにっこり笑いました。

「でも、あしたは二度と来なかったの」

「それは、どうして」

ヨウリンは、悲しそうな瞳をミンホアに向けました。

「僕の星、こわれちゃったの」

えっ、とミンホアは思わずヨウリンの顔を見つめました。

「こわれた?」

ヨウリンは、うなずきました。

なんと言っていいのかわからないまま、ミンホアは、ぐすんと鼻をすすり上げているヨウリンの瞳を見ていました。

虹彩は黒い光のすじを散らして、果てしなく広がる小さな宇宙のようでした。そのまん中の底のない穴のような瞳孔が、やがて小さく脈を打ち始め、同時にミンホアは自分の意識がヨウリンの瞳でつくられた宇宙へ吸い込まれるのを感じました。

虹彩は膨張を続ける宇宙で、瞳孔はその宇宙に浮かぶ、一個の惑星でした。見る間に星が青白い光とともに生まれ、宇宙をおおい、瞳孔の惑星のとなりには小さな赤い惑星が、反対側のとなりには、渦巻く大赤斑を持つ大きなオレンジ色の惑星が現れました。

そのあいだで赤い色の惑星よりも、さらに小さな瞳孔の惑星は脈を打ち続けていましたが、その脈動も弱々しくなりやがて動かなくなると、今度は惑星全体が白くふくらんでゆらぎ始めました。

ミンホアは思わず身をすくめ、目を固く閉じました。けれどミンホアのまぶたには鮮やかな残像のように、ひずんでくだけていく惑星が映りました。

小惑星帯だわ、とミンホアは思いました。

それは、火星と木星のあいだをちりぢりに漂う、星の名残りでした。

ミンホアは目を開けました。

「気が付いたら僕はひとりになって、みんなどこに行ったかわからないの」

悲しみと不安でおびえたヨウリンの瞳を、ミンホアは見つめました。

「大丈夫よ」

ミンホアは腰をおとすと、ヨウリンの手をそっとにぎりしめました。小さくて冷たい手でした。その冷たさにミンホアの体は、ふるえました。

「あなたのお父さんやお母さんは、きっとどこかの星に生まれ変わっていると思うわ」

ほんの少し息がかかっただけでもヨウリンのオレンジ色の髪はたよりなくなびいて、まるでゆらめく炎のようだとミンホアは思いました。

「あのね、人は死んでもまた生まれ変わるのよ。魂は永遠に残って、くりかえし、くりかえし生まれ変わり続けるの」

「それじゃ、パパやママは僕の知らないところに生まれ変わっているんだね。僕はもうパパやママには会えないんだね」

ヨウリンの目に、また涙が浮かびました。ミンホアは静かに、いいえと首をふりました。

「また会えるわ。あなたも生まれ変わるのよ。そうしたらきっといつか、めぐり合えるわ」

けれど、ヨウリンはまだ不安そうな顔をしていました。

「でも僕、どうしたらいいのかわからない。どうすれば生まれ変わることができるのか、わからないよ」

ミンホアは、にぎりしめたヨウリンの手を見ました。これからどんどん成長するはずだった小さな手が、すがるようにミンホアの手をにぎりかえしています。

やさしい愛情が、ミンホアの胸に湧き上がりました。今まで感じたことがないほど深い慈愛に満ちた感情でした。

「あなたは私のおなかの中に入ればいいわ。そうすれば生まれ変わることができるわ」

笑顔がヨウリンの表情を、子供らしい明るさに戻しました。

ミンホアは、ヨウリンを抱きしめました。すると、草のにおいの風がミンホアのほおを吹き抜けました。

　夜明けが訪れて、白く光る空のはるか上に小さな太陽が昇ると、水晶の柱は次々に枝を張り、葉を繁らせて、さわやかな風を宿す大きな木になりました。

　ミンホアの足の下の地面が暖かく息づき始めると、小さな草の芽がびっしりと生えてすばらしい勢いで伸び、地平線を緑色に輝かせました。

　ミンホアは、こわれた星の記憶を見ていました。そして、それはミンホアが夢に見た未来の火星の風景でした。

　ミンホアはユエリャンと、火星を緑の豊かな生きた星にしようと話し合ったことを、思い出しました。ユエリャンと火星に移住したときの夢を語り合うと、それらはすべて本当に叶うような気がしました。ユエリャンとふたりなら、不安なことやさみしいことなんてないと、信じていました。

「私、夢を実現させるために火星へ行くの」

　ミンホアは、ヨウリンに話しかけましたが、ヨウリンはミンホアの胸に頭をあずけて眠っていました。

ミンホアの腕の中で、ヨウリンはお母さんのおなかの中の赤ちゃんのように丸まって、そのまわりを光の花びらが包み始めました。花びらはどんどん重なるとヨウリンを小さく閉じ込めて、やがて光の玉になりました。

その光の玉を、ミンホアは大事そうに抱き寄せました。うっとりするほど暖かくて、気持ちのよい光でした。

ミンホアは、少し眠たくなって地面に横たわりました。すると空が、次には木々がミンホアから遠ざかり始めました。ミンホアが重たそうにまばたきをすると、そのたびに景色は遠のいて、かわりに移民船の部屋がちらちらと見え始めました。


火星の見える窓や、ベッドの脇で本を読んでいるユエリャンがすぐそこに見えていました。横たわっているのはやわらかな草の地面ではなく、部屋のベッドの上でした。

ミンホアは、はっとしたように目をしばたたかせると、体を起こしました。

「よく眠っていたね。顔色も、すっかりよくなっているよ」

ほっとした様子で、ユエリャンが言いました。

「私、とても気分がよくなったわ」

ユエリャンは、うれしそうにほほ笑みました。

「さっきはわがままを言って、ごめんなさい。私、二度と地球へ帰りたいなんて言わないわ」

「さっきのことなんて、ちっとも気にしてないよ。こんなに地球から離れたら、だれだって不安になるよ」

それからユエリャンは、もっとうれしそうな顔で言いました。

「医者が、君の体の具合を調べてくれたよ。そうしたらね――」

ミンホアは、ユエリャンの言葉をやさしくさえぎりました。

「赤ちゃんができたのね」

ユエリャンは、驚いたようにうなずきました。

「わかっていたのかい」

ミンホアは、ただ笑いながら光の玉のぬくもりがまだ残っている感じのするおなかに、そっと手をあてました。そして、ヨウリンのやわらかなオレンジ色の髪を思い出しました。あなたは安心して生まれてきていいのよ。誕生日が突然来なくなるなんて悲しい思いは、もうさせないから。ミンホアはおなかの奥で眠っているヨウリンに話しかけました。ヨウリンが誕生日を迎えるたびに、火星はきっと緑を増やしていくでしょう。そして、いつか火星はそこで生まれた人間の美しい故郷になるでしょう。

船はますます火星に近付き、火星は目覚める前の一番深い眠りにつきながら、静かに浮かんでいました。

春のキス

1

キスをするって、どんな感じがするんだろう。

初めてのときは、ちゃんと上手にできるかな。

目は、やっぱり閉じてたほうがいいよね。くちびるは、何分くらいで離すものなの。私、このごろキスのことばかり考えてる。

付き合ってる子がいるとか、好きな子がいるとか、そんなのじゃない。中学校と違って高校って、まわりがずっと大人っぽくなる。クラスにはもうカップルになってる子が何組もいるし、下校時間になると、髪を染めてミニバイクに乗った男の子が何人か、校門で待っていたりする。

キスはおろか、男の子と付き合ったことさえないのって、クラスの中で私だけなんじゃないかって気がしてくる。

高校生になって二週間。新しいクラスメイトにも慣れて、仲のいい友人もできた。あとはすてきな彼氏だけかなって思うと、自然に頭の中に思い浮かぶ、映画やマンガの中の、いろいろなキスシーン。

朝の教室の心地よいざわめきに包まれて、そんなこと考えてる時間って、けっこう好きだな。

「幸せそーな顔して、なに考えてんだ」

ななめ前の席から声をかけたのは、浩一。

「別に」

私はわざと顔をそむけて、机にほおづえをついた。浩一は、高校に入ってからの友人。バカなことも言えちゃう仲だけど、彼氏ってタイプじゃないのよね。

「ところで、知華ちゃん」

浩一が甘えた声で話しかけてくるときは要注意。

「きのうの現国の宿題、ちょっとだけ見せて」

〝頼む〟って両手をあわされちゃ、仕方ないかな。

「ちょっとだけでいいの」

カバンからノートを出しながら、意地悪っぽく言ってみた。

「ちょっとだけじゃなくて、全部。全部お願いします」

浩一ってばあわてちゃって、おもしろい。


春は、とろんとしてる。

さっきから何度も時計を見てるけど、壊れてるんじゃないかって思うくらい針の進むのが遅い。あくびをかみ殺しながら受ける授業は、果てしなく長い。

つまんないのよね、なんだか。だって、三日も学校休んでるんだもん、浩一。どうしてこんなに暖かくなってから、カゼなんてひくんだろう。浩一が出てきたら、思いっきり笑ってやろう。どうせ、おなか出して寝てたんでしょうって。

だけど次の日浩一の顔見たとき、自分でも信じられないこと言ってた。

「浩一が休んでるあいだ、すっごくつまんなかった」

いつもへらへらしてる浩一の顔が、きゅっとひきしまった。

「それって、おれのこと好きって意味?」

「そうだよ」

もちろん、友達としてだけどね。

浩一は黙ったままなにか考えてるみたいだったけど、そのまま自分の席に着いちゃった。いつもなら、もっとふざけるのに、まだ体調が戻ってないのかな。でも、私のななめ前の席に浩一がいるってだけで、気分が楽しくなるのはどうしてだろう。

お昼休み、浩一が話しかけてきた。

「知華、今日一緒に帰らないか」

そんなに真面目な顔しなくたっていいのに。やっぱり今日の浩一は、いつもと違う。

「一緒に帰っても、いいよ」

浩一の表情が、ゆるんだ。ほっとしたように、やさしい顔になった。ふざけておもしろいだけの浩一しか知らなかった私は、一瞬どきんとした。

浩一は地下鉄で通学してる。私はバス通学。だからバス停のすぐ横の公園で待ち合わせた。公園をつき抜けると、地下鉄への近道にもなる。木々の葉が、空のすぐ下できらきらとゆれている。まぶしくて少し暑くて、ほこりっぽい。深呼吸をしたら鼻がむずむずして、くしゃみが出た。

「奥に、噴水があるよ」

来るなり、浩一は言った。

「知ってる。バラ園もあるよね」

うなずいて、浩一は歩き出した。いろんな人とすれ違う。ジョギングをしてる人、犬の散歩をしてる人。それから、見つめ合って幸せそうな、若いカップル。

噴水を囲むように置かれたベンチには、何人かが座っている。こんな日は、噴水の近くが気持ちいい。だけど浩一は、そこを通り過ぎていく。一体、どこに行きたいわけ。

浩一が、止まった。ベンチも人影もない、公園のはずれ。幹線道路を走る車の音だけが騒がしい。

「キス、してもいいか」

突然、浩一が言った。冗談だと思った。だから私も冗談のつもりで答えた。

「いいよ」

浩一に、抱きしめられた。くちびるが、ふれる。目を閉じるひまなんて、なかった。

「知華のこと、ずっとかわいいと思ってた。だから、おれを好きだって言ってくれて、めちゃくちゃうれしかった」

これって、もしかして告白？　この展開、なんだかついていけない。だって、相手は浩一だよ。彼氏エリアの圏外、頭のすみっこにもなかったのに。

でも私、今わかった。浩一が学校を休んだとき、どうしてつまらなかったのか。冗談のつもりでも、どうしてキスしていいなんて言ったのか。自分の気持ちに今、気が付いた。

「うん。私、浩一が好き」

口に出して言ったら、浩一への想いが苦しいほど胸の中にあふれた。

帰りのバスの中で、自分のくちびるにそっとさわってみた。さっき、キスをしたくちびる。私がバスに乗る前にキスしてきたなんて、だれも知らない。もちろん、お父さんやお母さんだって想像もしていないに決まってる。秘密めいた喜びが、体をふるわせる。

今度キスするときは、もっと上手にしよう。やっぱり、目は閉じてたほうがいいかも。そのほうが、かわいいよね。

私は頭の中で何度も浩一相手に、キスの練習をしてた。

2

足音がしたような気がして、びくりと浩一から体を離した。ふたりでじっと耳をすます。ここは、校舎の裏。日当たりが十分でない地面は、不健康に湿っている。だれも来ないとわかると、浩一は私の体をぐいっと引き寄せた。そして、キス、長い、長いキス。息が苦しくなって、のどの奥から声がもれた。あの日以来、私たちは、会うたびにキスをする。

キスって、雰囲気が盛り上がるからしたくなるんだって思ってた。でも、それは違う。キスはおたがいの愛情を確認し合う行為かな。好きっていう気持を行動で示すと、キスになるんだと思う。

「私、浩一を好きになって、いろいろわかった」

「たとえば？」

「たとえば――」

ふふっと、思わず笑いがもれる。

「キスは、決していやらしいものなんかじゃないってこと。愛し合うふたりの、自然な欲求ね」

私は浩一の胸に、頭をあずけた。

「それから人間の体は、抱き合うのにはとってても都合のいい形をしてるってこと。これって、人体の神秘じゃない」

「知華、お前って本当に、かわいいいな」

浩一がまた、くちびるを重ねてきた。キスをされるって、幸せな気分。愛されてるんだって、わかるから。

私たちは校舎の影からそっとのぞいて人がいないのを確かめると、校庭へまわった。何事もなかったようにして、校門を出る。私にはこんなことさえ、楽しくてたまらない。これからずっと、浩一だけを愛し続ける。この気持ちは、永遠に変わらない。


いい天気。カラッと晴れて、風もそよぐ日曜日。初めてのデートの朝は、大騒ぎだった。昨日決めておいた服もなんだか気に入らなくて、もう一度クローゼット全開であれこれ引っ張り出したり、ヘアピンをつけたりはずしたり、髪をしばったりほどいたり、なんとかかわいくまとめようと、悪戦苦闘。どうにか納得のいくスタイルで家をとび出して、バスの時間にギリギリ間に合った。

今日は、映画館に行く予定。初めてのデートとしては無難かな。

浩一は地下鉄の階段を、軽く一段抜かしで駆け上がってきた。流行のスポーツブランドのシャツは、もう半そで。やせて、ひじの関節が目立つ腕。

その腕が私の体を、力強く包むんだね。

「晴れてよかったね」

「やっぱ、こういうときに、普段の行いの結果が出るよな」

「このすばらしいお天気は、私の普段の行いの結果だと思うよ」

私ってところで、自分を指さした。

「勝手に言ってろ」

あきれたって素振りで、浩一が歩き出した。

「待ってよ」

追いついて、腕にきゅっと抱きついた。人の目なんて、気にならない。私たち、こんなに仲が良いのよ、今、すっごく幸せなのよって、みんなに見せつけたい気分。私たちは、手をつないで歩いた。映画のチケットを買うときだけは離れたけど、映画館の中ではずっと手をつないでた。

映画が始まる。しばらくすると、浩一がつないでた手をほどいた。その手が、私の腰にまわる。少し、くすぐったい。私は、頭を浩一の肩に寄せた。このあたりから、映画のストーリーもあまり覚えてない。どきどきしながら、この中がずっと暗いままならいいのにって、考えてた。

ショッピングモールのレストランフロアは、明るくて清潔な感じがする。私、ハンバーガーをほおばる浩一を、見つめてた。男の子のひと口って、大きいんだ。それに、食べるのも速い。もっとよく噛まなくちゃ、胃に悪いよ。

浩一は、食べながら、たくさん話をする。

「妹は小学六年なんだけど、生意気でさ、おれ、口ではいつも負けてる」

「女の子のほうが、おませだもんね」

そうそうとうなずきながら、浩一はポテトを二、三本まとめて口へほうり込む。となりのクラスの子から聞いたうわさ話、このごろハマってるゲームのこと、それから、昨日の夜のテレビ番組。しゃべるのはほとんど浩一なのに、どうして私より食べ終わるのが早いの。そんな浩一も、好きだけどね。

最上階のレストランフロアから、エレベーターに乗った。中はふたりきり。

「知華」

浩一のほうへ顔を向けたのと、くちびるを強く押しつけられたのと、同時だった。九階から一階まで数十秒のあいだの、せっかちなキス。

「途中でだれか乗ってきたら、どうするの」

思わずとがった口調になる。扉が開いて、エレベーター待ちの人が乱雑に並ぶ中を進みながら、浩一はすまして言った。

「大丈夫だっただろ。それに、きょうはまだ知華とキスしてない」

しようのない浩一って思ったら、キリキリしてた気持ちもおさまった。

でもこんなキスは、好きじゃないな。

3

このごろの私、キスが上手になったかも。首のかたむけ方や、目を閉じるタイミング。それから、体の角度。どれもサマになってきた。浩一のほうも初めはこわごわ触れてるって感じだったけど、今は自信たっぷり、ためらわずに抱き寄せる。それは、私の気持ちを信じているから？　それとも、私が絶対にこばまないって、確信しているから？

放課後の音楽室に、こっそり入り込んだ。窓が閉め切られていて、むっとする。

肩に置かれた浩一の手がゆっくり下がって、私の胸に移動した。はっと目を開けて、体を固くする。

「触られるの、いやか」

「ううん。ただちょっと、びっくりしただけ」

だって、こんなこと思ってもみなかった。

「もう帰ろうよ」

「そうだな。見つかると、やばいしな」

浩一は、毎日でもキスがしたいらしい。だけど私は、こんなふうにこそこそしてまでキスをしたいと思わない。キスができなければ、しなくたっていい。

付き合い始めたころは、キスをしてくれないと私のこと好きじゃなくなったのかもって、不安だった。でも今は、浩一がどんなに私を好きになってくれたか、よくわかってる。私の気持ちだって同じ。だから、キスはできるときにすれば、それで十分。

本当は、浩一に胸をさわられたとき、少しこわかった。浩一はキス以上のものを求めているんだって、感じたから。どうなるんだろう。どうすればいいんだろう。浩一の気持ちに、応えてあげたい。でも私には、その準備がまだできてない。

水族館は、定番のデートスポット。熱帯の美しい魚を見るのも楽しいし、かわいい仕草のペンギンは、いつまで見ていてもあきない。深海魚のエリアは照明をおとしてあって、寄り添いたくなるような暗さ加減。浩一は魚を見て、無邪気に喜んでる。

「おれ、ハゼ釣りなら行ったことあるよ。エサを海の底までたらすのが、ポイントなんだ」

「そうなの」

私、感心したっていう態度で、目を大きく見開いた。本当は興味ないんだけど、サービスってとこかな。

水族館を出たころには太陽も沈み、黄金色の夕焼けだけが空に残っていた。今日はまだ帰らなくていいんだ。学校が休みの土曜日。親には、少し遅くなるからって言ってある。

私たちは、水族館のすぐとなりにある、遊園地に行った。ちいさな遊園地だけど、大きな観覧車があって、まん中の広場にはメリーゴーランドもある。輪投げや、目当ての景品にボールを当てるゲームで遊んでいるうちに、あたりはすっかり暗くなった。風が、少し肌寒い。

「帰る前に、観覧車に乗らないか」

「うん」

今日の浩一は、一度もキスを求めてこない。キスのないデートだって、こんなに楽しめたじゃない。きっと浩一も愛情確認のためのキスは、ふたりにはもう必要ないって気が付いたんだね。

観覧車に乗り込むとすぐに、浩一が体をぴたりと寄せてきた。窓から景色を見下ろす私にかぶさるように、体重をかける。暖かな、心地よい重さ。

遊園地のにぎやかな色の電飾。そして、そのあいだを様々な方向へ流れて行く人たちが、ゆれながら下のほうへ遠ざかる。まるで、スローモーション。とても幻想的な。

きれいねって言おうとしてふり向いた私に、浩一はキスをした。こんなところでキスをするなんて、浩一、やっぱりわかってない。となりのゴンドラに乗っている人に、見られちゃう。

浩一の体を離そうと思うけど、離せない。だって、こんなすてきなキスを、ずっと夢見てたんだもの。

ゴンドラが、頂上に来た。その、ほんの少しのあいだは、だれからも見られない。浩一の手が私の太ももをなでて、そのままスカートの中に伸びてきた。こわいって思った。

「やめて」

私は、とっさに浩一の手を押さえてた。

「どうして。いい雰囲気だったのに」

浩一は、不満げに体を離した。おこったのかな。おずおずと重ねた手を、浩一はにぎり返してくれた。

私、浩一が好き。だけど、とまどってる。

ゴンドラが、風で大きくゆれた。思わず浩一にしがみつく。私の心もゴンドラみたいに、宙ぶらりんでゆらゆらしてる。


放課後の教室には、私と浩一のふたりきり。おしゃべりしているうちに、なんとなく帰りそびれて、気が付いたら残っているのは私たちだけ。廊下を通る生徒も、もうほとんどいない。

会話が途切れた。そろそろ帰ろうってことだね。

だけど浩一は座ったまま、からめていた指をほどいて、私の腕をつかんだ。浩一がなにをしたいのか、はっきりわかる。

「教室でするのは、やめようよ」

「堅いこと言うなよ。つまんない奴だな」

そうじゃないって、私は首をふった。

「ほかの子にキスしてるとこ、見られたくないもん。第一、先生に見つかったら、どうするのよ」

浩一が、じっと私を見た。目が妙に冷めてる。

「知華、このごろおれとキスするの、いやがってないか」

「そんなことないよ」

のどのあたりの息のかたまりを、ぐっと飲み込んだ。それから、思い切って言った。

「浩一、どこでもキスしたがるんだもん。私はそんなのいや」

「じゃあ、どこでキスすればいいんだよ」

「キスすることしか、考えてないの」

声が、少し高くなった。

「今の私たちって、キスするだけの付き合いみたい」

「それのどこが悪いんだよ。好きな奴とキスしたいと思うのは、当たり前だろ」

「でもこのごろの浩一、キスだけじゃないんだもん」

「いや、なのか」

つぶやくような、浩一の声。

「いやじゃない。ただ、こわいの。急ぎすぎてる気がして」

「急ぎすぎてる?」

私は、うなずいた。

「私、本当に浩一が好きだよ。ずっとこのままつき合っていきたい。だからいつかは、キス以上の関係になるかもって思ってる。でも今は、まだ早すぎるの。もっとゆっくり時間をかけて、そういう関係になっていきたい」

浩一が、視線をそらした。黙ったままで、なにを考えているんだろう。私は不安になった。

「知華の言う通りかもしれない。おれ、ちょっと走りすぎたかな」

教室に差し込むおそい午後の日の光は、初夏のまぶしさ。浩一は一瞬目を細め、そして私の顔をまっすぐ見た。

「おれは、早く先へ進みたかったんだ。そうでないと、知華が離れていきそうで、心配だった」

「体だけの関係なんて、本当じゃないよ」

浩一は、そうだなと少し笑った。

「おれたち、本格的につき合う前に、いきなりキスだったもんな」

「こういうのも、めずらしいかもね」

ふたりで笑い合えるのって、楽しい。こんなに素直に浩一を好きだと思えるのは、久しぶり。

「もう一度やり直そうか。初めから」

私、軽い気持ちで言ってみた。

「かまわないけど、それなら当分はキスできない」

「どうして」

「やり直すなら、今までのつき合い方を反省しなくちゃな。おれたち、早く進み過ぎただろ。だから今度はキスまでに、一年くらいはかけたほうがいいよ」

それは時間のかけ過ぎよ。

「知華、本気にしてるな」

つまらなそうな私の顔を見て、浩一が愉快そうに、にまりとした。

「ひどい。冗談だったんだ」

私はすねて見せたけど、本当はとってもうれしかった。浩一が前よりずっと近くに感じられる。それが、とってもうれしかった。

「やり直すことなんてないよ。キスから始まる関係があったって、いいんじゃないかな」

「そうだね。今こうして浩一と一緒にいられる。それが、一番大事だね」

春の教室で私をやさしく見つめる浩一を、ずっと忘れないって思った。ただの彼氏じゃなくて、かけがえのない相手だと気付いた瞬間の浩一を、ずっと忘れない。

「帰ろうか」

浩一が言った。

どちらからともなく差し出した手の指が、やさしくからんだ。心臓が、どきんと鳴る。まるで、初めて男の子に触れたみたい。その新鮮なときめきが恋の鼓動に変わっていくのを、私は心地よく感じていた。

宇宙飛行士の傘

★

シャトルが一機、透き通った成層圏の青色の中を近付いてきます。

マキは立ち止まるとダークブルーのラインが一本入った、うすいアイボリーの機体を見上げました。

あれはどこに行ってきたシャトルだろう、とマキは思いました。

火星か、それとももっと遠くの星をめぐってきたのかしら。

シャトルはよく晴れた六月の空を、宇宙センターのスペースポートへ向かって飛んでいきます。

マキは、宇宙の霜を機体に光らせて太陽系の惑星のあいだを進むシャトルを、思い浮かべました。そしてまた歩き出しながら、満天の星がびっしりと浮かぶ宇宙をはるばると旅して、今日初めて地球へやって来る、いとこのことを考えました。

ユーリという名前のマキのいとこは、十歳も年上で火星に住んでいて、そしてシャトルに乗り込む宇宙飛行士でした。

十年前、テレビ電話の中のユーリと初めて会ったとき、マキはまだ五歳になったばかりでしたが、小さな液晶画面の中から笑いかけてくれたユーリのやさしい顔は、今でも忘れていませんでした。

そのとき十五歳だったユーリは、マキが成長するよりも早く大人になって、いつの間にか遠い存在になっていきましたが、マキの胸の中で、ユーリの笑顔は小さなあこがれになって残りました。

学校から解放される週末が、やっと始まる金曜の午後は、いつもうきうきとはしゃいだ気分になりましたが、この週末は特別に楽しくなりそうでした。

マキは若々しく枝を張った街路樹の日かげに入ると、鼻の頭に浮かんだ汗の玉をハンカチで軽くおさえました。

それからまぶしい日なたに大きく足をふみ出すと、そのまま学校帰りの道をかけ出していきました。

★

その日の夕方、ユーリはマキの家にやって来ました。

スペースポートまで迎えにいったマキのお父さんのあとに続いて、玄関のドアから入ってきたユーリは、思っていたよりも背が高く、落ち着いた色の黒い瞳は、おだやかに笑っていました。

「遠くから、ご苦労さま」

マキのお母さんが、言いました。

ユーリは、お世話になります、と軽く頭を下げてから、ゆっくりマキのほうを向きました。

「よろしく」

片手をさし出しながら、ユーリが言いました。

マキがそっと手を出すと、ユーリはその手を親しみを込めて力強くにぎりしめました。

大きくてあたたかな手に、マキの胸はひそかにときめきました。

マキはほんの少しのあいだだけ目を閉じて、大きく息を吸い込みました。そうすると、火星のにおいがするような気がしました。

ユーリの着ている宇宙飛行士の制服から、火星の玄武岩質岩石のかけらや二酸化炭素の大気のにおいがするような気がしました。

目を開けて、手を離したあともユーリの手の感触は残り、マキはまだあたたかい感じの残っている手を軽くほおにあてました。

お母さんは、夕食の用意が整ったテーブルにユーリを案内しました。

「私の兄が火星へ移住したころは、火星へ行くのに何年もかかったものだけど、今は、ほんの数か月で行けるんだから、科学の進歩はすごいね」

夕食の席でマキのお父さんが、感慨深げに言いました。

「そして、今度は金星を開拓しようとしているんですものね。宇宙へ進出して行くのは人類の発展にとって本当にすばらしいことだと思うわ」

お母さんが同意を求めるようにユーリのほうへ顔を向けると、ユーリはそうかもしれませんね、と小さな声で答えました。

ユーリは週末の休暇をマキの家で過ごしたあと、宇宙センターへ戻って、それからまた長い旅をすることになっていました。金星の地面を調べて、どこに人類が住むためのドームをつくればいいのかをさがすのが、ユーリの仕事でした。

「金星に本当に人類が住めるようになるのかしら」

マキは、ユーリのほうをちらりと見ながら言いました。

「火星にだって住めたのよ。金星に住めないはずないじゃない」

ユーリが口を開くよりも早く、お母さんが自信たっぷりに答えました。

「金星に人が住むようになれば、地球や火星のように、きっとすぐに人間でいっぱいになるだろうね」

ユーリが言いました。

「そうなったら今度は、スペースコロニーをたくさんつくればいいと思うわ。空の上にもいろんな人が大勢いると思うとさみしくないもの」

マキが言うと、ユーリは少しだけ笑いました。

けれど、マキには笑っているユーリの顔がなぜだか悲しそうに見えました。

夕食のあと、ユーリはお父さんに連れられて客用寝室へ向かいました。

客用寝室は二階のマキの部屋のとなりにあって、ふたつの部屋のベランダはひとつにつながっていました。

夕食の後片付けの手伝いを済ませて、自分の部屋に戻ったマキは、部屋の中に風を入れようとしてガラス戸に手をかけました。

そのとき、となりの部屋のガラス戸が開く音がして、ユーリがベランダに出てきました。月明かりで黒く伸びたユーリの影が、ガラス戸越しに見えました。ユーリはなにをするでもなく、ぼんやりと青い夜のベランダに立っていました。

ガラス戸に手をかけたまま、マキはしばらくどうしようか迷っていましたが、やがてゆっくりと戸を開けました。

ユーリはすぐにマキに気が付いて、体ごとこちらを向きました。

「風が、気持ちいいね」

「そうね」

マキは、ユーリの横に並んで立ちました。ベランダからは同じような造りの家々が整然と並ぶ住宅街が、明るい月の下でよく見えました。

背の高いユーリには、住宅街の向こうにある宇宙センターを囲む森まで見えているのかしらとマキは思いました。

「自然の風は、生きているみたいにいろいろな吹き方をするね」

ユーリが言いました。

「いろいろな性格のいろいろな風が、絶えず行ったり来たりしているみたいだね」

マキはユーリの横顔を見上げました。

「私、そんなふうに考えたことなんてないわ」

ユーリは、軽くまぶたを閉じました。

「こうやってじっと立っていると、風が動いているのがよくわかるよ」

「火星の風は、どんなふうに吹くの」

ユーリはマキをだまったまま見つめました。

夜風がさわっと吹いて、まるでその風がゆらしたみたいにユーリの瞳がゆれました。

「火星に吹くのは機械が送り出す、感情のないよそよそしい風だよ」

ユーリは吹く風に耳をかたむけるように、首を少しだけかしげました。

「でも、自然の風は命にあふれていて、この世にあるあらゆる感情を持った、特別な生き物みたいな気がする」

「すてきなことを考えるのね」

マキが言うと、ユーリの顔にはにかんだような表情が浮かびました。自分よりもずっと大人だと思っていたユーリがそんな表情を見せるなんて、とマキは少し驚きました。

「あんまり夜が遅くなるといけないから、もう休もうか」

さっきよりも高い空に流れた月を見上げて、ユーリが言いました。

マキがうなずくと、ユーリはおやすみと軽く片手をふって、部屋に入りました。

マキもおやすみなさいと答えて、自分の部屋に戻りました。それからガラス戸を開けたままにして、レースのカーテンをひくと部屋の電気を消しました。

月の光がレースをすかして差し込み、床にモザイクのような不思議な模様をえがきました。ベッドに入ってその模様をながめていると、それはまるで宮殿の大広間の床のようにも見えました。

レースのカーテンが風でふくらんで、またもどりました。

マキにはそのカーテンが、踊っているように見えました。カーテンはいつの間にか、大きく広がったいくつもの白いドレスになってモザイク模様の大広間を、くるくるとまわりながら踊っていました。

踊っているのは、あれはみんな風だわとマキは思いました。

マキは白いドレスのすそがふわふわふわとゆれるのを見ていましたが、やがてそのままねむってしまいました。

★

次の日、マキたちは海へ行きました。

ユーリが海を見てみたい、と言ったからでした。

お父さんの運転する車の助手席に、お弁当をかかえたお母さんが乗って、マキとユーリは後ろの席にランチシートやバスタオルや、四人分の水着なんかと一緒に乗り込みました。

人がひとり、座れそうな場所をとっている荷物を横に置くと、マキとユーリのあいだは腕がふれそうなほど近くなりました。

お父さんとお母さんは、海へ行ったことがないユーリのために、海のことをいろいろと教えていました。ユーリは映像でしか見たことのない海を自分の目で見ることができるのが楽しみだと言いました。

ユーリの腕はマキの腕にふれそうでふれなくて、そしてたまになにげなくふれたりしました。たとえほんの少しでもユーリの腕がふれたりすると、マキはなんだか気恥ずかしいような、でもうれしいような気がしました。

ハイウェイを下りてしばらく走ると、海が建物の陰からちらちらと見え始め、どこまでも続くように思えたゆるいカーブを曲がりきると、大きく広がった海がやっと現れました。

車から降りると、ユーリはまぶしそうに目を細めて輝く銀の波を見つめました。

砂浜には、すでにたくさんの人が出ていました。泳ぐ人やゴムボートに乗った人が、波のあいだにまばらに見えました。

ユーリとマキとお父さんは、水着に着替えるとビーチパラソルの下で留守番をしているお母さんを残して、波打ち際へ走りました。

マキは波の音やまわりの人たちの喚声に負けないくらいきゃあきゃあとはしゃぎ、ユーリとお父さんは、マキの背が届かないくらいのところまで泳いでいって、波にゆれながら何事か大声で言い合いながら、楽しそうに笑っていました。

それからしばらく泳いだあと、まず初めにマキが疲れて海から上がり、すぐあとにお父さんも上がってきました。

そのあと、ゆっくり海から戻ってきたユーリの鼻は、日焼けで少し赤くなっていました。

「海ににおいがあるなんて、知りませんでしたよ」

お母さんの差し出したタオルで体をふきながら、ユーリが言いました。

「潮のかおりよ」

お母さんが答えました。

ユーリはふり返って、大きく息を吸い込みました。大きく上下した胸が広くて厚い大人の男の人の胸だと気付いて、マキはそっと視線をそらしました。

それからみんなでお弁当を食べて、おなかがいっぱいになると、ビーチパラソルの下に並んで昼寝をしました。そして目が覚めると、まだ人でにぎやかな海をあとにしました。

その夜、夕食が済むとユーリは二階の客用寝室から金星の地形図を持って、居間へおりてきました。

「これが、最新の地形図です」

ユーリは地形図をテーブルの上に広げると、言いました。

地形図は、高度の高い山は赤く、それより低い高原は黄色、さらに低くなるところは緑に、鮮やかな色がついていました。

「とってもきれい」

マキが言いました。

「本当、とてもきれいな色だわ」

お母さんが言うと、お父さんも感心したように大きくうなずきました。

「ここがイシュタール大陸で、ここのまん中あたりの赤い部分がマックスウェル山。そして、そのまわりの黄色くなっているところがみんなラクシュミ高原です」

地形図の上のほうに広がった大陸のふちを指でなぞりながら、ユーリが説明しました。

「それから、こっちがアフロディテ大陸」

ユーリの指が、すっと左下に移動しました。

「この大陸は高原と平野ばかりで、高い山はないんですよ」

「ユーリは、どこに降りるの」

マキが尋ねました。

「アフロディテ大陸だよ。ここは高い山がないから、人の住むドームをたくさんつくることができるからね」

ユーリの調べた地面の上にドームができて、何万人もの人たちが暮らすのだと考えると、マキの胸はどきどきとしてきました。

ユーリは人類のために、すばらしい仕事をしようとしているんだと思いました。

「この地形図は、マキちゃんにあげるよ」

マキは、えっと顔を上げました。

「私にくれるの？」

ユーリは、そうだよとうなずきました。

「本当にくれるの？　これは、ユーリが使うために持ってきたものじゃないの？」

ユーリは、笑って首を横にふりました。

「これは初めから、マキちゃんへのおみやげにするつもりで持ってきたものなんだ。だから、遠慮しなくていいんだよ」

「よかったわねえ」

「いただいておきなさい」

マキがお父さんとお母さんの顔を交互に見るとふたりは言いました。

「どうもありがとう」

「喜んでもらえて、うれしいよ」

マキは、鮮やかに美しい地形図の表面を、うっとりと指でなでました。

ユーリが自分のためにくれたものだと思うと、いっそう、うれしさで胸がいっぱいになりました。

そのとき、壁ぎわのテレビ電話が鳴りました。

応対に出たお母さんが、テレビ電話の前に立ったまま、ユーリを呼びました。

「あなたに火星から、テレビ電話がかかっているわよ」

それから、すぐに続けて言いました。

「とてもすてきな、お嬢さんからよ」

マキは思わず顔を上げました。

ユーリの顔に、笑顔が波紋のように広がりました。そんな笑顔をユーリが見せるのは、マキの家へ来てから、初めてのことでした。そう思うとマキの胸は、だれかに押されたみたいに、にぶく痛みました。

ユーリが立ち上がると同時に、お父さんも腰を上げて静かに部屋を出ていきました。

「マキ」

お母さんが、たしなめるように言いました。

マキは地形図をていねいにたたむとのろのろと立ち上がり、テレビ電話に向かって座っているユーリの背中を見ながら、部屋を横切りました。

ドアのところでふり返ると、ユーリは口元に安心したような笑顔を浮かべて、テレビ電話の画面をじっと見つめていました。

自分の部屋に戻って地形図をピンで壁にとめながら、マキはユーリのことを考えました。ユーリは今、マキの家にいて、マキたちと親しくしゃべって、まるでユーリの世界にいるのは自分たちだけのような気がしていました。でも、ユーリの本当の生活は火星にあって、そこにはユーリの友達がたくさんいてマキの知らないユーリの世界があるのだと思うと、とてもさみしい気持ちがしました。

ベランダに出てみましたが、客用寝室はしんとして暗いままでした。

ベッドに入っても、落ち着かない気分で何度も寝返りをうっていましたが、昼間の疲れですぐにまぶたが重くなって、たちまち眠りに引き込まれていきました。

★

日曜日の少し遅目の朝食が終わりかけるころに、ユーリは食堂へ下りてきました。

「寝すごしてしまって」

ユーリは照れたように言うと、席に着きました。

昨日の日焼けが、鼻のあたりにまだ残っています。

マキの向かいでおいしそうにトーストをかじっているユーリが、おととい家に来たばかりで、明日にはもういなくなっているなんて信じられない気持ちでした。

お母さんも、まるで昔から一緒に暮らしているみたいに、ユーリにコーヒーを入れています。

本当に、ユーリがずっとこの家にいてくれたらいいのに、とマキは思いました。

「今夜はユーリのお別れパーティーをしよう」

その日の午後に、お父さんが言いました。

そこでみんなで買い物に出かけ、食料品をたっぷりと買い込み、大さわぎをしながらいすやテーブルを庭に持ち出してパーティーの準備をしました。ユーリとお父さんもキッチンで、マキと一緒にお母さんの手伝いをしました。

そして、料理がすべて並べられ、パーティーの準備が整ったころには、太陽がそろそろ西へ傾きかけていました。

どこから手をつければいいのかわからないほどたくさん並んでいた料理は、信じられないほどの食欲で食べ尽くされ、そのあいだにも陽気ではしゃいだおしゃべりがずっと続いて、パーティーはあたりがオレンジ色に暮れるころになっても、終わる気配はありませんでした。

大きな深呼吸をひとつして、ユーリが言いました。

「父に言われていたんです。自分のかわりに地球の空気をいっぱい吸ってきてくれって」

日が沈みました。

昼間の名残りで明るかった空も、だんだんとたそがれていきました。

「火星へ行ってしまう兄を見送るためにスペースポートへ行ったとき、さみしがって泣きやまない私に兄は言ったよ。何年かすれば火星へもっと速く行けるようになる。そうしたら、いつだって会いにこれるじゃないかって」

ユーリはおだやかにほほ笑んで、お父さんの話を聞いていました。

「たしかに昔とくらべたら火星は近くなったけど、まだまだ一般の人が気楽に行けないね。テレビ電話ばかりじゃなくて、たまには直接会いたいといつも思っているよ」

「あと数年のうちに、火星へは今よりもっと速く行けるようになりますよ」

ユーリが言いました。

あたりが暗くなってきたので、テーブルの上のライトが自動的に灯って、まわりを明るい光の輪で包みました。

「金星から戻ったら、また家へ来てくれるわね」

お母さんが言いました。

「もちろん、そのつもりですよ。皆さんは僕に家族のように接してくれました。僕はそれが、とてもうれしかったです」

「君は私たちにとっては、家族も同じだと思っているよ」

お父さんが言うと、お母さんもそのとおりよとうなずきました。

部屋に戻ると、マキは机の上のカレンダーを手にとりました。

花印が、週末のところについています。

ユーリが来ることをお父さんから知らされた日に、心を躍らせながらつけた花印を見ながら、マキは楽しかったこの週末を思いかえしていました。

ユーリは今、となりの部屋でなにをしているのかしら、とマキはふと思いました。寝るにはまだずい分早い時間です。

マキは部屋のドアから少し顔を出して、となりの部屋をうかがうように見てみました。となりの部屋のドアは少し開いていて、すき間から細く光がもれていました。

マキはそっと部屋を出て、ためらいがちにドアをノックしました。

「どうぞ」

すぐにユーリの返事がありました。

「あの、ドアが少し開いていたから、なにをしているのかなって思って」

とっさにそう言ったまま入りづらそうにしているマキに、ユーリは笑いながら言いました。

「かまわないから、入っておいで」

ユーリは床に座って、大きなバッグに荷物をつめていました。

「明日の用意をしているのね」

広がった荷物のあいだに腰を下ろすと、マキは言いました。

「そうだよ。どうもうまく入らなくて、さっきからぜんぜん片付いてないけどね」

それからユーリは手を止めて、マキをまっすぐ見つめました。

「とても楽しい週末だったよ。マキちゃんのおかげで、いい思い出もたくさんできたしね」

マキは、はずかしそうに目を伏せました。

「私のほうこそ、楽しいことばかりだったわ」

ちらりと目を上げると、ユーリと視線があいました。

マキがふっと視線をそらすと、その先の荷物の中に、丸くて銀色のものが見えました。

「あの銀色のものはなに?」

興味をひかれた様子でマキが尋ねると、ユーリは荷物のあいだに半分うまっていた銀色のものを持ち上げて、見せてくれました。

それは、折りたたんだ傘でした。丸くて銀色のものは傘の柄の先についているにぎりの部分で、その部分は地球の模様が浮き彫りになっていました。

「開いてみるかい」

ユーリは言いながら、傘をマキにわたしました。

深い紺色のカバーをはずし、ぴったりと折りたたまれた同じ色のナイロンの布をていねいに開いていくと、視界に星空が広がりました。

開いた傘の内側には一面に星座が描かれていて、闇のような紺色の中に金色で描かれた星座は、見ているとほのかにまたたき始めるような気さえしました。

「星座の傘なんて、とてもすてき」

マキは言いました。

傘の中心あたりには、こと座があって、斜めにたどっていくと北斗七星とおおぐま座がありました。

反対側には、はくちょう座にペガサス座、カシオペア座もありました。

傘をくるりと回すと、さそり座とケンタウルス座が現れました。

「地球から見える、夏の星座だよ」

ユーリが言いました。

「金星へ行くのに、どうして傘なんか持ってきたの」

傘を折りたたんでユーリにかえすと、マキは言いました。

「火星の友達が、くれたものなんだ」

マキの頭に、きのうのテレビ電話の女の人が浮かびました。

「どうしてくれたの」

「金星はいつも厚い雲におおわれているから、雲の下はいつも雨が降っているかもしれないって、この傘をくれたんだよ」

「金星に雨が降っているなんて、おかしなことを考えるのね」

マキが思わず笑うと、ユーリはとても悲しそうな顔をしました。

マキは、自分がとても悪いことをしたと気がつきました。ユーリの心だけではなくて、ユーリの友達のやさしい気持ちまで傷付けてしまったのだと思うと、マキの胸もずきずきと痛みました。

「ごめんなさい」

マキは心から言いました。

「そんなつもりじゃなかったの」

「いいんだよ。気にしてないよ」

ユーリはやさしく言ってくれました。

それから荷物をつめていた手をふと止めて、マキに言いました。

「人間が、地球以外の惑星に住むことをどう思う」

「人間がほかの惑星へ移住して生活圏を広げるのは、とてもすばらしいことだわ」

「どうしてそう思うの?」

マキはユーリの思いがけない質問に、急いで考えをめぐらせると、答えました。

「だって、お父さんやお母さん、それに学校の先生もすばらしいことだって、言ってるもの」

「マキちゃん自身は、どう思う?」

ユーリは真剣なまなざしをマキに向けていました。

ユーリの質問に、マキはとまどっていました。

自分自身はどう思っているかなんて、考えたこともありませんでした。

「わからない。でも、みんながすばらしいって言ってるから、きっとすばらしいことなんだと思うわ」

ユーリの表情がゆるみました。

「マキちゃんには、この質問はまだむずかしかったね」

マキは、くちびるをきゅっと噛みました。

ユーリの言葉で、マキは自分がまだほんの子供なんだと思い知らされたような気がしました。

友達同士のように距離が近くなったと思っていたユーリに、突然冷たくつきはなされた感じでした。

「僕もここへ来る前は、人類がほかの惑星へ進出していくのは、とてもすばらしいことだと思っていたよ」

静かな口調で、ユーリが話し始めました。

「だけど、シャトルの中から地球を見たとき、人間は地球から離れるべきではなかったのではないかと思ったんだ。地球はまるで、生きて呼吸をしているみたいに生命力に満ちていて、冷たい宇宙の中で奇跡のように輝いていたよ」

ユーリの瞳が、喜びと感動でうるんでいくのをマキは見つめていました。

「そのとき、思ったんだ。人間は自分たちの手で環境をこわして、住みにくくなると、別の星へ行く。そこの資源を使い果たすと、荒らしたままにして、また違う星へ行く。人間に、そんな権利があるのだろうか」

そして、つぶやくようにつけ加えました。

「僕たちの命は地球から生まれたんだって、これほどはっきりと感じたことはなかったよ」

ユーリは話し終わるとまた荷物の整理にとりかかり、マキはだまったまま、ユーリの荷物が少しずつバッグの中へつめられていくのを見ていました。

「ユーリ」

ノックの音に続いて、お母さんの声がしました。

「テレビ電話が入ってるわよ」

「すぐに行きます」

ユーリはマキに笑ってみせると、部屋を出ていきました。

ユーリが急に自分から遠いところへ行ってしまったみたいで、マキの胸はさみしさでだんだん冷たくなっていきました。

立ち上がると、ユーリのバッグの中にさっきの傘が入っているのが見えました。

その銀色の地球を見た途端、マキの胸に子供っぽい嫉妬の気持ちが湧き上がりました。

そして、気がつくと、マキはユーリのバッグから、傘を抜きとっていました。

胸が、痛いくらいにどきどきしました。

すぐにかえすのよ、人のものをだまってとるなんていけないことよ。マキの頭の奥でいくつもの言葉が、こだまのように重なり合って響いていました。

マキは頭を強くふると、傘をにぎりしめて部屋をとび出しました。

自分の部屋に戻ると、マキはにぎりしめたままの傘をベッドの下のほうに押し込めました。手が少し、ふるえていました。深呼吸をしても、あしたの用意で気を紛らわせても、マキの心臓は不安げにどくどくと大きく脈打っていました。

マキはベッドの下に押し込んだ傘をとり出しました。ユーリはまだ部屋に戻っていないようでした。

今ならこっそりかえせばきっと気付かれないわ、とマキはちらりと考えました。でも、やっぱりかえしてあげない。ユーリを困らせてやるんだから。

傘を、今度は枕の下に入れると、マキはベッドに入りました。

壁のほうへ寝返りをうつと、きのうユーリにもらった金星の地形図が目に入りました。

マキは反対側に体の向きを変えると、固く目をつぶりました。

★

次の朝、目が覚めるとユーリはもういませんでした。

客用寝室はきれいに片付けられて、がらんとしていました。

「朝早く行ったわ。マキによろしくって、言ってたわよ」

お母さんが言いました。

週末が終わるとマキはまた学校や友達が中心の生活に戻り、ユーリやユーリの傘のことを思い出す日もだんだんと少なくなっていきました。

一か月ほど過ぎたころ、ユーリからテレビ電話が入りました。

「明日、金星へ出発します」

ユーリは、気持ちがいいくらいきっぱりした口調で言いました。マキの家にいたときよりも、顔がひきしまっている感じです。

マキは胸をどきどきさせていましたが、ユーリは傘のことは気がついていないのか、ひと言も言わずに、帰りには必ずまた寄りますと約束して、画面から消えました。

そして、それから何週間か過ぎました。

マキは、夢を見ていました。

雨がさあっと降り出して、あたりをぬらしていきました。その雨の中に、ユーリが立っています。傘もささずにぬれたままのユーリは、雨の中でとてもさみしそうでした。

私がユーリの傘をとってしまったから、ユーリは傘がないんだわ。

夢の中のマキは、思いました。

マキは、ユーリの傘をさして、雨の中を歩き始めました。今度こそ、ユーリに傘をかえさなくてはいけないと思いました。

ところが、雨はどんどん激しくなって、大きな雨粒が次々と傘を打ちつけました。マキは、ひどい雨の中を一歩も動けません。傘にあたる雨の音もますます大きくなって、マキはその音で目を覚ましました。夢と同じように外は雨で、雨風にカーテンがあおられていました。

マキが起き上がって窓をしめたとき、細いすすり泣きの声がかすかに聞こえてきました。すすり泣きは途切れたと思うとまた聞こえて、それはどうやらお母さんの声のようでした。

胸さわぎがして、マキはそろそろと階段を下りました。

居間に電気がついて、お父さんとお母さんがテレビ電話でだれかと話していました。お父さんにぴったり寄りそって、肩をふるわせていたお母さんが、マキのほうをふり向きました。

お母さんはふらふらと近寄ると、マキを抱きしめて言いました。

「よく聞いてね、とてもつらいことよ。ユーリのシャトルが事故を起こしたの」

そこでお母さんは、また泣き出しました。

「金星の嵐に、巻き込まれたらしい」

お父さんの目も、赤くはれていました。

「ユーリは、どうなったの」

うなだれて目頭を押さえたまま、お父さんはうめくように言いました。

「ユーリは、助からなかったよ」

マキにはこれも夢の続きのように思えて、不思議と悲しくありませんでした。部屋に戻ってもう一度眠れば、今度こそ本当に目が覚めるような気がしました。けれど、枕の下のユーリの傘を手にとると、突然涙があふれて流れました。涙はあとからあとからほおを熱く伝わりました。

マキにはそのときはっきりと、ユーリはもう死んでしまったのだと気が付きました。ユーリに傘をかえすことは、もうできません。ユーリの命はなくなって、二度と会うことはできません。

命はなによりも大切なものじゃないかしらと、マキは悲しい気持ちで考えました。

人の命をいくつもなくしてまで、ほかの星へ行く必要があるのかしら。でも、自分よりもっと悲しいのは、ユーリにテレビ電話をかけてきたあの女の人なんだわ。

マキはユーリの傘をかえしに、火星へ行こうと思いました。そしてシャトルの中から地球を見たとき、ユーリと同じ気持ちになるでしょうか。

マキはユーリの傘を胸に抱きしめました。

雨は降り続いていています。

その音を聞きながら、マキはやがて深い眠りに落ちていきました。

ユーリは本当の雨の音を、聞いたことがあるのかしらと思いながら。

火星の子供

1

火星人がいるとしたら、どんな姿をしているだろうと、林《りん》はいつも考えます。林は小さなころから、火星が大好きでした。太陽系のほかの惑星や、いろいろな形をした、たくさんの銀河も好きでしたが、それよりもずっと火星が好きでした。

そして、中学二年生になった今でも、火星にはきっと火星人がいると思っていました。火星の写真を見ていると、錆びたようなうす赤い大気を透かして、ひそやかな命の気配が伝わってくるような気さえしました。

さわやかに晴れた五月のある放課後、学校の図書室で本をさがしていた林は、並んだ背表紙の中に、〝火星〟の文字を見つけて、とっさに手を伸ばしました。ところが、同時に同じ本を取ろうとして伸びただれかの手に、林は自分の手を軽くぶつけてしまいました。

「あ、ごめん」

言いながら相手を見た林は、少し驚きました。

伸ばした手を背表紙に添えていたのは、同じクラスの原野《げんや》でした。

「こっちこそ、ごめん。本のタイトルばかり追っていて、君がいることに気が付かなかった」

原野は棚から本を取ると、林に差し出しました。

「僕はあとでいいから、君が先に借りなよ」

「違うんだ。借りようと思ったわけじゃないんだ。君のほうこそ、その本借りたかったんだろう」

原野は、遠慮がちに本を持ち直しました。

「本当に借りるつもりじゃなかったんだから、気にせずに借りていいよ」

林が言うと、原野はやっとうなずきました。

「ありがとう。この本、読みたかったんだ」

原野はもう一度〝ありがとう〟と言うと、貸し出しカウンターへ向かい、林もすぐに図書室を出ました。けれど、校舎を出たところで、原野に呼びとめられました。

原野はかけ寄ると、鼻の頭に浮かんだ小さな汗の玉をこぶしでぬぐって、林に笑いかけました。

その笑顔を見た途端、林の胸になつかしい親近感が湧き上がりました。時々しか言葉を交わしたことのない原野が、ずっと以前からの親友のように感じられました。

「君も、図書室へはよく行くの?」

まだ少し息をはずませて、原野が言いました。

「うん」

林は、原野が何回か深呼吸をして息を整えるのを見ながら、答えました。

「それにしては図書室で会ったの、初めてだね。君はどんな本を読むの?」

「火星の出てくる本なんか、好きだよ」

原野は驚いた表情で、林を見ました。

「君、火星が好きなの?」

林がうなずくと、原野は瞳をきらきらさせて言いました。

「天体望遠鏡で、火星の運河をさがしたことある?」

今度は林が驚く番でした。

「毎晩のように、さがしてたよ。それじゃ、火星の巨大ピラミッドをさがしたことある？」

「もちろんあるよ。絶対あるって信じて、必死にさがしてた」

ふたりは顔を見合わせました。林も、そして原野も不思議な気持ちになりました。生まれたときから相手を知っていたような、ずっと前からふたりで大好きな火星の話をしていたような気持ちでした。

今までひとりで考えていた、火星についてのいろいろなこと、自分の中だけでふくらませていた空想、それから、大好きな物語。そんな話をふたりですると、楽しさはどんどん広がりました。教室や、学校からの帰り道に毎日話をしても、話したいことは次々にあふれてきました。

気に入っている本や作家を教え合ったり、ふたりで本屋をまわって火星についてのおもしろそうな本をさがしたりしました。けれど、林と原野が一番好きなのは、ふたりで火星人の話をすることでした。

火星は地下が空洞になっていて、そこには豊かな水と空気、そして適度な温度があるから、火星人は地下に住んでいる、というのが原野の考えでした。けれど、林の考えは違います。

火星人はほっそりとして背が高く、大きくて知性的な瞳で静かに感情を交わし合い、そして火星の大気にまぎれるようにして、きっと何万年も昔からおだやかに暮らしているのだと、林は思っていました。

林と原野の考える火星人は、それぞれ違っていましたが、ふたりは気にしませんでした。火星人は本当はどんな姿をしているのかわかりません。でも、火星には火星人がいると信じて、火星にあこがれる気持ちや、おたがいを特別な友人だと思う気持ちはふたりとも同じでした。

2

乾いた、気持ちのよい風が大きく開いた窓から入ってきます。

誘われて遊びにいった原野の部屋は、壁じゅうに火星や宇宙のポスター、それに、写真のパネルがかかり、本棚には参考書よりもたくさんのＳＦ小説が並んでいました。日ざしがいっぱい入る部屋を見回しながら、林は自分の部屋と変わらないな、と思いました。

ときどきどこからか聞こえてくる、すずめのにぎやかなさえずりや、遠く、かすかに耳に届く国道を走る車の音以外は、とても静かな土曜日の午後でした。

林と原野は並んでベッドにもたれ、ビデオを見ていました。火星が舞台の、火星人の登場するビデオでした。

「やっぱり火星人は地上に住んでたね」

原野をからかってみたくなって、林は言いました。

「これは、ただの映画だからね」

本気なのか冗談なのかわからないような、すねた口調で答える原野を見ていると、林は少しおかしくなりました。笑いたくなるのをがまんして、林がビデオに視線を戻したとき、階段をのぼってくる軽い足音が聞こえました。それからすぐあとに、女の子が部屋の入り口に姿を現しました。

林は、二、三度目をしばたたきました。あんまり思いがけずに現れた女の子が、初めてのうち林には本当かどうかわかりませんでした。

「きょうは、図書館に行くんじゃなかったか?」

原野が、ふいに気付いた様子で言いました。

「今帰ってきたとこだもん」

「こいつ、妹のれんげ。ひとつ下の中学一年」

原野が林に短く紹介すると、れんげは〝こんにちは〟と小さく頭を下げました。

「こっちは、同じクラスの林」

「よろしく」

林が言うと、もう一度頭を下げて、れんげは原野のベッドの端に座りました。

「お兄ちゃんたち、おもしろそうなビデオ見てるね」

「見ててもいいけど、邪魔するなよ」

画面を見つめたままで、原野が言いました。

「ねえ、原野。巻き戻してあげたら」

林がそっと言いました。原野は面倒臭そうな顔で林のほうを向きましたが、それでもビデオのリモコンを手に取って巻き戻しボタンを押しました。

「ありがとう」

林の肩をつついて、れんげが言いました。

ビデオを見ているあいだは、三人とも口を開きませんでした。ビデオの中の火星人の街は、いろいろな色の水晶でできた建物が並んでいました。そして火星人たちは滅多に言葉を使うことはなく、テレパシーと彼らにだけわかる優雅な身ぶりで、会話をしていました。

本当の火星人はどうだろう、と林は思いました。水晶の建物に住んで、テレパシーで会話をするのでしょうか。

「火星人って本当は、どんな感じだったのかしら」

見終わったビデオを巻き戻しているときに、れんげが独り言のようにつぶやきました。

「れんげは、火星人の生まれ変わりなんだろ」

「そうよ。でも、火星のことは、全然覚えてないのよね」

言いながら、れんげはもどかしそうに眉を寄せました。

れんげは、本当に火星人の生まれ変わりなんだろうか、と林は考えました。

でも、もし本当なら、とてもわくわくするな、と思いました。

「そう言えば、林にはまだ教えてなかったね」

原野が言いました。

「れんげは、火星人の生まれ変わりなんだ」

やっぱりそうなんだと、林は思いました。

「あの、ちょっと聞いてみたいことがあるんだけど」

林が言うと、れんげはベッドからさっとおりて、林の正面に座りました。

「いいわよ」

れんげの人見知りしない態度に、林は少しとまどいました。けれど、正面からまっすぐに林を見つめるれんげの黒い瞳は、屈託のない明るさで輝いていました。

「どうして、火星人の生まれ変わりだって、わかったの?」

林が聞くと、れんげは瞳をそらさないまま答えました。

「火星がとてもなつかしくて、恋しかったの。だから、きっと私、地球に生まれてくる前は火星にいたんだって思ったの」

「れんげも小さなころから、とても火星が好きだったんだ」

原野が言いました。れんげは、部屋のポスターをゆっくりと見まわしながら言いました。

「私には、火星がとても暖かい惑星に感じられたの。金星でも、木星でもなくて、火星だけが暖かく脈打っている星に思えたわ」

れんげの視線はポスターをひとまわりして、また林に戻りました。

「よかった。君が火星人の生まれ変わりなら、火星人は本当にいるんだ」

林が言うと、れんげはとてもうれしそうに、にっこりと笑いました。

それから三人は打ち解けた雰囲気で、そろそろ暮れ始めた空が夕焼けの色に染まるまで、おしゃべりを続けました。

3

朝日が、街路樹の若くてやわらかな葉をきらめかせています。中学校の通学路になっている歩道には、登校する生徒たちがにぎやかにあふれていました。

その人波の中に、林はれんげの姿を見つけました。ふたつに分けた三つ編みの先が、ちょうど肩のところでゆれています。原野の家で初めてれんげと会ってから、林は学校の中でも時々れんげを見かけるようになりました。

れんげが気付いてないときは、林のほうから声をかけることはありませんでしたが、すれ違ったときは、うれしい偶然が起こったような笑顔を交わしました。

話しかけてもおかしくないはずなのに、林は、れんげが時々するように肩をぽんとたたいて声をかけることが、気恥ずかしくてできません。原野と一緒のときだったら声をかけることもできるのに、どうしてひとりのときはためらってしまうのだろうと、林は人波に次第にまぎれていくれんげの後ろ姿を見ながら思いました。

「今度の日曜、家に遊びにこないか」

教室に入るとすぐに、原野が話しかけてきました。

「また、おもしろいビデオを手に入れたのかい？」

林が言うと、原野は首をふりました。

「今度の日曜は、うちの親がそろって出かけるんだ。だから、遊びにこないかな、と思ったんだ」

「もちろん、行くよ」

林はすぐに答えました。それを聞くと、答えはわかっていた、というように原野はにこりと白い歯を見せました。

雲の影ひとつない空は大気が溶けて染み込んだような、まぶしい青色です。かすかに吹く風の中にも、すでに初夏のにおいが感じられる陽気の日曜日でした。

林は約束の時間よりも少し早く、原野の家のドアチャイムを鳴らしました。

チャイムを鳴らしてから一歩下がって待つと、ドアが開いてれんげが待ち切れなかったというように勢いよく現れました。

「いらっしゃい、林君」

思いもかけなかったれんげの出迎えに、林が言葉のないまま玄関先に立ちつくしていると、すぐに原野も顔を出しました。

「待ってたよ。早く入れよ」

た。

「うん」

ほっとした気持ちで答えて林が中に入ると、れんげの姿はもうどこにもありませんでした。

「れんげちゃん、もういないね」

林は、思わず口にしました。

「なにつくってるのか知らないけど、さっきから台所で忙しそうにしてるよ」

関心なさそうに、原野が言いました。

〝ふうん〟と口の中で小さく答えてから林は廊下のずっと先に目を向けました。そして、こんにちは、くらい言えばよかったな、と心のすみでちらりと思いました。

原野は林に、自分で撮った天体写真を見せました。月や金星、かすかに漂う雲のようにぼんやり浮かぶ土星もありましたが、一番たくさんあったのは、やはり火星の写真でした。

床に座って、火星の写真を見ていた林は、火星だけが暖かく脈打つ星に思えた、と言っていたれんげの言葉を思い出しました。自分が感じた命の息づかいを、れんげも火星に感じているのだろうか、と林は思いました。

れんげが現れるのは、いつも突然でした。

「おやつの時間よ」

れんげの陽気な声に、ふたりは見ていた写真から顔を上げました。

「ひとの部屋に入るときは、ノックくらいしろよ」

「あら、開けっぱなしだったわよ」

ジュースとクッキーをのせたトレイを手に持ったれんげは、平気な顔で答えると、原野の部屋に勝手に入りました。

「台所でなにかやってると思ったら、こんなものつくってたのか」

原野が言うと、れんげはくちびるをとがらせました。

「こんなものなんて、失礼ね。一生懸命つくったのに、そんなこと言うなら、お兄ちゃんは食べないで」

れんげはそう言うと、クッキーのお皿を林の前へ置きました。

「林君は、たくさん食べていいよ」

「ありがとう」

林は、目の前に置かれたクッキーのお皿を困った表情で見つめながら、言いました。けれども原野は、クッキーをひとつ取り上げると、口の中へ入れました。

「うん。なかなか上手に焼けてる」

原野はそう言いながら、またクッキーに手を伸ばしました。

「そうでしょ。おいしいでしょ」

れんげはすっかりきげんをなおして、クッキーのお皿を原野のほうへ少しずらしました。そして、火星の写真に気付くと、一枚手に取りました。じっと見つめて戻し、またほかの写真を選んだりしながら、れんげはしばらく火星の写真をながめていました。

林は写真を見つめるれんげの瞳に、火星が映っていることに気が付きました。命であふれているように、鮮やかな赤い色をした火星が瞳の中に浮かんでいます。れんげには、火星があんなふうに見えているのだろうか、と林は瞳の中の火星を見つめながら思いました。

視線に気付いたように、れんげがふいに顔を林に向けました。驚いて思わずまばたきをしたあとで、林は少し照れ臭くなりました。

「この写真、本当は前にも見せてもらったことあるのよ」

れんげはそう言って、写真を戻しました。れんげの瞳には、もう火星の姿は映っていませんでした。つややかな黒い瞳には、部屋の窓から入る日の光を受けてきらめく、たくさんの星が見えるばかりでした。

「でも、見るたびにいつも違う写真を見ているように思えるの」

れんげの言葉に、原野もうなずきました。

「そのときの気持ち次第で、火星の見え方が違うんだよな」

「火星は、生きた惑星なんだね」

林が言いました。三人は、ほんの一瞬口を閉じ、おたがいに顔を見合わせました。そして、本当にそうだと、それぞれの胸の中で静かにうなずきました。

「何万年も昔には、火星にもたくさんの水があったのよね」

「地上にはもう水はないけど、地下にはまだ残ってるんだよ」

原野が言いました。

「だから火星人たちは、地下で生活できるんだ」

「どうして火星人が、地下で生活するの？」

れんげが疑わしそうに言いました。

「火星の大気はほとんど二酸化炭素なんだよ。それに表面温度だって、マイナス一三六度。そんな環境の中で生き物なんて住めないだろう」

「そうとは限らないと思うわ。二酸化炭素で呼吸する生き物がいるかもしれないし、表面温度だって火星の赤道付近では二五度になるのよ」

ふたりの話を聞いているとき、林はふと奇妙な感覚になりました。

こんな会話を、前にもしたことがあるような気がしました。三人でこんな話をするのは初めてのはずなのに、でも初めてではないような、確かにどこかでしていたような、不思議な気分でした。けれどその感覚も、すぐに消えていきました。

「それじゃ、地下には酸素があるのかい」

林が聞くと、原野は〝もちろんさ〟と答えました。

「水があって、酸素もあるんだ。その上、暖かい。だから、当然火星人は地下に住むことになる」

「でも、地下には太陽がないから、まっ暗なんじゃない？」

れんげが聞くと、原野は答えにつまったようにぐっと息をのみ、それから言いました。

「火星人は、暗闇でもちゃんと見えるんだ」

それを聞くと、れんげは笑い出しました。

「やっぱり今の答えには、ちょっと無理があったな」

原野はそう言って、肩をすくめました。林は原野の仕草がおかしくて、思わず吹き出しました。

れんげと林につられて、原野も笑いました。

笑いがおさまると、林はジュースを飲みました。笑い疲れたのどに、冷たいジュースは気持ちよく流れました。今はだれもおしゃべりしていません。

部屋の中を時間がそっと横切っているみたいに、静かでした。

林は、クッキーをひとつ、口にほうり込みました。

れんげのクッキーは少し固いけれど、溶けると舌の上に甘さがゆっくりと広がっていきました。

4

雨が降っていました。アスファルトの道路は雨にぬれ、銀色に光って見えました。学校からの帰り道に寄った本屋で、林は降り出した雨にも気付かずに本を見ていました。

〝本屋なんかに寄らずに、今日はまっすぐ帰ればよかったな〟

傘を持っていない林は、本屋の店先で変に暗くなった空を見上げました。雨が止むまでもう少し待ってみようか、それとも家まで走ろうか。考えていると、本屋の前を通り過ぎようとした赤いカサの女の子が、立ち止まりました。

「林君ったら、こんなところで寄り道してる」

れんげでした。

れんげは本屋の店先に立つ林に、カサを差し出しました。

「林君の家まで、入れてってあげる」

林は、とっさに首を横にふりました。

「方向が違うんだから、悪いよ。僕だったら走って帰るから、大丈夫」

今度はれんげが首をふりました。

「だめよ。ぬれたらカゼひくでしょ。それに、そんなに遠くでもないよ。林君の家」

林は少しのあいだ、どうしようか迷いました。雨が止む気配はありません。

れんげのほうも、カサをひっこめそうにありません。

「ありがとう。それじゃ、送ってもらうよ」

林が言うと、れんげは〝それでいいのよ〟というように、にこりと笑いました。

「きょうはめずらしく、お兄ちゃんと一緒じゃないね」

歩き出すとすぐに、れんげが話しかけました。

「原野はそうじ当番だから、別々に帰ったんだ」

「そうなの」

カサに降りかかる雨の音が、林の頭のすぐ上で聞こえています。れんげが腕を伸ばしてカサを持ってくれても、林の頭はもう少しでカサの骨にくっつきそうでした。

「僕が、カサを持つよ」

「どうして?」

「家まで送ってもらうんだから、僕のほうがカサを持つ」

れんげは、ちらりと林の頭上に目をやると、素直にカサをわたしました。

「ありがとう」

そう言うと、れんげは足元の水たまりを気にする様子で、少しうつむき加減になりました。ふたりはしばらくのあいだ、黙ったまま歩きました。雨の音だけが、ふたりのまわりにありました。

「林君、笑わなかったね」

突然、れんげが言いました。

「初めて会ったとき、私が火星人の生まれ変わりだって話をしても、林君は笑わなかったでしょう。私ね、とてもうれしかった。お兄ちゃんでさえ、初めは笑ったんだよ」

「僕、火星人は本当にいると思ってるよ。だから火星人の生まれ変わりだって聞いたとき、とても自然にそうかもしれないって、思えたんだ」

あたりは、灰色にけむっています。雨があらゆるものを降りこめてしまうこのときに、いきいきとした色彩を持っているのは、れんげだけのような気が、林にはしました。

「林君、火星が好き？」

林はうなずきました。

「私も、大好き」

れんげが、言いました。

「私たち、どうしてこんなに火星が好きなのか、わかる？」

れんげは真剣なまなざしを林に向けました。

「わからない」

林が答えてから少し間をおいて、れんげが言いました。

「私たちは、火星の子供なのよ」

「火星の、子供？」

林は聞き返しました。

「そうよ。地球がまだ海ばかりだったころ、私たちは火星に住んでいたのよ。火星の文明が衰退して、火星人たちが死に絶えると、火星は永い眠りに入ったの。死んでしまった火星人たちは、今度は地球に生まれ変わっているのよ」

すれ違う人はありません。林には雨の音が、ずっと向こうのほうから聞こえてくるような気がしました。ふたりはゆっくり歩き、時々立ち止まりそうになっては、また進みました。

「でもね、火星は今、永い眠りから目覚めようとしているの。だから、こんなに火星が恋しくなるのよ。私たちは今度生まれ変わったら、きっと火星で暮らしているわ」

れんげの話が終わると、林の耳に再び雨の音が戻ってきました。

カサにあたり、アスファルトを打ち、そして排水溝を流れていく雨のさまざまな音があたりにあふれました。

「ありがとう」

林は、家の前まで来ると言いました。

「僕の家ここなんだ。助かったよ」

「いいのよ。また遊びにきてね」

「うん」

林からカサを受け取ると、れんげは〝じゃあね〟と手をふって、今来た道を戻っていきました。
れんげが帰ったあとも、れんげの言葉はいつまでも林の心に残りました。れんげの話はきっと本当なんだと、林は思いました。林が、いると信じている火星人は、もしかしたら地球に生まれて来る前の自分たちのことかもしれないと、林は雨粒をぼんやりながめながら考えました。

雨は次の日も、一日中降り続きました。林は、くりかえしきのうのれんげの話を思い出していました。朝、学校へ行く途中や休み時間、そして下校するときも、林はれんげの姿を知らず知らずのうちにさがしていました。

もう一度、れんげに会わなくてはいけないような気がしました。会って火星の話をもっとたくさんしたいと思いました。れんげにはいつでも会えるのに、今日でなくてはいけないような胸さわぎがしました。けれどその日はれんげと会えませんでした。

そしてその夜、原野から電話があったのは、九時を少しまわったころでした。

学校で会って、夜、また電話をかけあうのは、珍しいことではありませんでしたが、今日は時間が少し遅すぎます。林の胸は、小さくどきどきと鳴りました。

「もしもし」

「今、病院にいるんだ」

「病院？　君、けがしたの？」

林が驚いて尋ねると、受話器の向こうから鼻をすすり上げる音が聞こえました。

「れんげが――」

原野の声は、妙にかすれていました。

「れんげが、死んだ」

「死んだ？」

林は、思わず聞きかえしていました。

「事故だったんだ。学校から帰る途中で車にはねられて、そのまま一度も目を覚まさなかった」

言葉もないまま、林は原野の話をただ聞いているだけでした。

「れんげは、ちゃんと歩道を歩いていたんだ。それなのに、スピードを出しすぎてカーブを曲がりきれなかった車が、雨ですべって歩道に突っ込んだんだ」

悲しそうなため息とすすり泣きのあいだに、原野はやっとそれだけ言いました。もう、よっぽど泣いたあとなのか、力のない疲れた声でした。

受話器をきつくにぎりしめていた林の手が、冷たくしびれてきました。

「僕、きのう学校の帰りに、れんげちゃんと会ったんだよ。火星の話をしたよ。僕たちは火星の子供だって、言ってた」

静かに、そして優しく林は言いました。

「れんげはいつも言ってたよ。僕らは火星の子供だって。れんげは僕たちよりも少し早く、火星に帰ったのかな」

「きっと、そうだよ」

林の瞳から、涙があふれてこぼれました。

昨日会ったばかりなのに、今日はもうどこにもいなくて、そして、これからもれんげには二度と会えないということが、林には信じられません。

それなのに、悲しくて涙が止まりません。

「それじゃ、僕、れんげのところに戻るから」

原野はそう言って、電話を切りました。

足が少しふるえました。林は受話器を置くと、その場に座り込んで、泣きました。どれだけ泣いたあとで、自分の部屋に戻ったのか、いつベッドに入ったのか、林は覚えていません。

気が付くと、林は眠れないままれんげのことを考えていました。初めて会ったときのこと、れんげと交わした会話のひとつひとつ、そして最後に会った雨の日の、鮮やかな赤いカサが林の記憶の中に浮かび上がりました。

いつも心のどこかでれんげが気になっていました。そしてそれが恋だと分かる前に、れんげはいなくなってしまいました。

夜明けが近くなったころ、林はやっとうとうとし始めました。その浅い眠りの中で夢を見ました。

林は火星の大気の中に浮かんで、ずっと下のほうを見ていました。

火星の夕暮れでした。空はすでに夜の闇でおおわれ、かなたの地平線はまだ夕日の名残りで、かすかに赤く染まっていました。そして、運河が火星の大地を貫いて、ゆったりと流れていました。

その運河のほとりに子供が三人、座っています。林は少しずつ近づいていきました。女の子がひとりと男の子がふたり、空を見上げながら、話をしています。

この三人は、友達同士だな、と林は思いました。林はいつの間にかその中の男の子のひとりになって、ほかのふたりと一緒に空を見上げていました。

暗い空にひとつ、明るい青色の星が浮かんでいます。三人が見ていたのは、地球でした。

「私、あの星大好きよ。とてもなつかしい気持ちがするもの」

女の子が言いました。

「うん。あの星には、生き物がいるような気がするね」

夢の中の林が言いました。すると、もうひとりの男の子が笑い出しました。

「あの星はほとんどが水で、陸はほんの少ししかないんだよ。それに、大気のほとんどは酸素なんだ。そんな環境で生き物なんて、住めないよ」

「そうとは限らないと思うわ。酸素で呼吸する生き物がいるかもしれないし、水の中で住める生き物だって、きっといるわ」

林は不思議な気持ちになりました。こんな会話を前にもどこかでしたような気がします。こんな話をするのは初めてではないような、確かに前にもあったような、おかしな気分でした。でもそれはほんの一瞬のことで、林はすぐにそんな気持ちも忘れてしまいました。

「何万年も、何十万年も過ぎたころには、僕たち、あの星に生まれているかもしれないよ」

女の子が、うなずきました。さっき笑った男の子もうなずきました。

そして三人は、また地球を見上げました。

風はやわらかく吹きわたり、運河は火星の夜を映して、うすむらさき色にきらめきながらどこまでも流れていました。

著者プロフィール

田中 与利子（たなか よりこ）
愛知県名古屋市在住。

広い年代の人に共感してもらえるような文学作品を書けるよう勉強中。
愛読書はレイ・ブラッドベリの作品と柳田国男の『遠野物語』。

火星の子供

2001年10月15日　初版第１刷発行

著　者　田中《たなか》 与利子《よりこ》
発行者　瓜谷 綱延
発行所　株式会社 文芸社
〒112-0004　東京都文京区後楽2-23-12
電話　03-3814-1177（代表）
03-3814-2455（営業）
振替　00190-8-728265
印刷所　図書印刷株式会社

ISBN4-8355-2355-5 C0095